여자, 아름다운 성공을 위하여

내 인생은 내가 연출한다

여자, 아름다운 성공을 위하여
내 인생은 내가 연출한다

초판 발행 2003년 7월 10일

지은이 | 박효신

펴낸이 | 김영호
펴낸곳 | 함께읽는책
편 집 | 이수진
주 소 | 서울시 관악구 신림1동 1631-19 평희빌딩 2층
전 화 | 02-852-7845
팩시밀리 | 02-839-7846
cobook@cobook.co.kr

값 8,000원
ISBN 89-90369-14-2 03810

* 잘못된 책은 바꿔드립니다.

여자, 아름다운 성공을 위하여

박효신 지음

함께읽는책
COBOOK

성공을 위한 자기관리의 기술
- 여성을 위한 '박효신식 내공법'

성공하기 위한 전략이란 결국 균형잡힌 자기관리의 기술이라고 할 수 있겠다. 그런데 이 혼란스런 세상에서 '균형잡힌 내면'을 관리한다는 건 엄청난 내공이 필요한 일이다. 일상의 매 순간 갈등할 일이 생기고, 욕심이 솟아나며, 미움과 어리석음이 현명한 판단을 가리기 십상이다. 이런 가운데 자신을 잘 관리하기 위해서는 마음의 갈피를 잘 정돈해야 할 것이다. 그래서 자기관리의 기술이란 곧 인생의 철학이고, 내공을 쌓는 수련의 과정이기도 하다.

박효신 선배를 나는 이런 내공이 잘 잡힌 사람으로 기억한다. 그는 늘 웃고 있으며, 마음 깊은 곳에서부터 우러나오는 맑은 행복감이 늘 충만해 있다. 아무리 심각한 안건이 나와도 특별히 흥분하거나, 과격한 언사를 하는 법이 없다. 언제 어디서나 중도의 위치에 서 있으되, 그 기운은 늘 맑고 반갑다. 그리고 정말 참신한 아이디어를 아무렇지도 않다는 듯이 내밀며 추진해 나간다.

그는 '따뜻한 사람이 사랑받는다.' 에서 바보와 현자의 공통점을 이렇게 정리한다.

1. 모든 것에 대해 크게 놀라지도, 크게 실망하지도 않는다.
2. 우리에게는 아주 대단하거나 아주 하찮은 일이 그들에게는 별 일 아니다.
3. 현실적으로 불가능하다고 믿어지는 것들을 그들은 가능할 수도 있다고 믿는다.
4. 우리는 그들을 시험해보고 싶어하지만, 그러다가 되려 당하는 수가 있다.

50대 나이에 그 위치까지 올라간 여성이 바보일 리는 없다. 오히려 그에게는 현자의 범주에 속하는 사람의 특징이랄 수 있는 마음을 비운 사람들의 담대함 같은 것이 있다.

이런 소개를 보고는 상당히 쑥스러워하고 있을 박효신 선배의 얼굴이 떠오른다. 그는 매우 성공한 극소수의 여성 중 한 사람으로 손꼽히지만, 그의 성공에는 여성리더십 연구에 있어서 주목할 만한 부분이 있다. 그는 통상적으로 성공한 유형과는 다르게, '여성적인 장점에 대해 충분한 소신을 가지고 활용하여 여성성의 가치를 삶 속에서 입증해낸 경우' 라고 할 수 있다.

성공한 여성에 대한 선입견이 무색하게도 그는 의외로 순박하고 겸손한 미덕으로 결을 내어줄 줄 아는 따뜻한 사람이다. 여성리더십에 대한 책 『당당하고 진실하게 여자의 이름으로 성공하라』를 쓰면서 나는 박효신 선배를 여성리더십을 보여주는 좋은 사례로 소개한 적이 있다. 그만큼 박효신 선배에게는 뭔가 특별한 것이 있다. 그래서 그가 수년 전에 『자, 이제 여성시대 엔터 키를 치자』를 쓰고 올해 『여자, 아름다운 성공을 위하여』을 두 번째로 출간하면서, 직장인의 인생과 사랑과 성공에 대해 이야기하고 있는 것이 아주 자연스럽게 느껴진다.

저자로서의 박효신은 딱 자신의 인생에 담긴 것만큼을 말하는 정직한 이야기꾼이다. 과장도 억지도 없지만, 그가 들려주는 이야기는 생생한 사례와 만만치 않은 사유를 제공하는 터라

독자들에게 색 다르게 읽는 맛을 제공한다.

　이 책은 무지하게 쉽게 쓰여졌고, 쉽게 읽힌다. 메시지도 간결해서 독자를 복잡하게 만드는 실례를 범하지 않는다. 이런 쉬운 형식 속에 '박효신식 내공법' 이라는 그의 인생철학이 스며나오고 있다.

- '아름다운 여자' 는 자신을 사랑하는 여성이다(나를 사랑하자).
- 행복이란, 자기가 원하는 것을 하면서 사는 것이다(행복과 불행은 마음먹기 나름).
- 직장생활의 무기력증으로부터의 탈출법 : 홀로 여행하기, 미칠 수 있는 아이템 만들기, 적금들어 여행자금 만들기, 남자친구 만들기(내가 이 직장을 계속 다녀야 하는 이유).
- 프로들은 자부심, 긍정성과 신념이 강하고 끊임없이 공부하며 자기만의 방식을 만든다(전문직 신드롬 뛰어넘기).

이런 지혜들은 세상살이의 경험이 많은 속깊은 언니가 들려주는 다정한 이야기처럼 들린다. 이런 대목들이 재미있고 간결하게 정리될 수 있기까지 필자가 얼마나 치열하게 살아 왔는가를 잊지 말자.

그는 '여성적인 것이 우리를 구원한다.' 는 신념을 가지고 있는 여성이다. 그러나 그의 직장생활은 남성, 여성의 구별을 훌쩍 뛰어넘어서 이뤄진다. 직장인, 선배, 후배, 동료, 전문인의 성격이 확실하고, 그가 여자라는 사실은 그의 전문성을 더욱 돋보이게 하는 요소로 작용한다. 그래서 그가 전하는 글은 남녀 모두에게 설득력 있는 보편적 감동의 힘을 가지고 있다.

또 저자 박효신은 훌륭한 카운슬러이기도 하다. 고민 때문에 찾아가는 후배들을 기꺼이 만나 주고, 생생한 조언을 들려주는 선배역할을 일상적으로 하고 있는 사람이다. 독자들도 책을 읽는 것과 함께 카운슬러로서의 필자의 능력을 잘 활용해보라고 권하고 싶다.

이 책이 열심히 일하면서도 때로 사는 게 힘겹게 느껴지는 걸 피할 수 없는 평범한 직장인들에게 지혜와 위안과 용기를 줄 수 있기를 희망한다. 언니의 조언을 만나고 싶은 젊은 직장여성들은 물론이고, 남녀 직장인 모두에게 요긴한 메시지를 전할 수 있을 것이다.

김효선
여성신문 편집인

내 인생은 내가 연출한다 · 20

'아름다운 성공' 을 위하여

'똑똑하면서 튀지 않는 여자'

남자들에게 가장 환영받는 여자일 것이다.

'그건 말도 안 돼. 일은 일대로 잘 하고 그 위에 여자답게 조신하고 얌전하기를 바라는 건 남성 중심의 사고야.' 라고 치부하지는 말자. 나도 역시 '똑똑하면서 튀지 않는 남자' 가 좋으니 말이다.

겉으로는 한없이 부드럽고 평범하여 쉬운 상대같아 보이지만, 일단 결정적 시기가 되면 자기 주체성이 분명하여 얼굴에 웃음 가득 담고 상대방을 설득하여 목적을 이루는 사람. 이런 사람이 정말 무서운 사람이다. 이런 사람들은 실력이 위로 방방 뜨는 것이 아니라 차분하게 밑으로 가라앉기 때문에 쉽게 눈에 띄지 않지만, 그가 뿜어내는 빛만으로도 쉽게 알아볼 수

있다. 이런 사람은 사귀면 사귈수록 깊이가 느껴지는, 인간적
으로도 매력 있는 사람이 아닐 수 없다.

그래서 남자나 여자나 '똑똑하고 튀지 않는 사람'이 결국
'아름다운 성공'을 만들어낸다고 생각한다. 꼭 튀어야 살아남
는 세상은 아니다. 능력으로나 타고난 환경으로나 보통보다
훨씬 뛰어난 조건에서 출발하는 사람이라면 튀어도 좋고 저벅
저벅 목표하는 바를 향해 요란하게 달려나가는 것도 방법이겠
다. 하지만 대다수를 차지하는 우리 보통 사람들은 주변의 모
든 것에 애정을 갖고 살풋살풋 한 걸음 한 걸음 나아가는 것이
타인으로부터 상처받지 않고 또 상처주지 않으면서 슬기롭게
사는 지혜가 아닐까 한다.

스포트라이트를 받으면서 대단한 성공을 거둔 사람이라
도 후배들에게 존경받지 못하는 인물이라면, 그건 성공이 아
니다.

내가 꿈꾸는 성공은 아랫사람이 닮고 싶어하는 선배가 되는
것, 바로 '아름다운 성공'이다. 나는 남에게 상처주지 않으며
나를 발전시켜 가는 방법으로 몇 가지 원칙을 정해놓고 지키
려고 노력하며 산다.

첫째, 타인에 대한 배려이다.

나와 남이 관계를 맺으면서 살아가야 하는 삶터에서 가장 소중한 것은 '타인에 대한 배려'가 아닌가 생각한다. 나의 마음 한 편에 남을 위한 자리를 만들자는 것이다. 이 세상을 나 혼자 살 수는 없다. 내 안에 내가 너무 많게 되면 결국 아무 것도 얻을 수가 없게 된다.

둘째, 순리를 따르는 것이다.

즉, '자연스러운 것이 최선의 길'이라고 믿는다. 경쟁을 하되 억지를 부리지 말고 목표를 향해 매진하되 뛰어넘으려 하지 않는다면 조금 느릴지는 몰라도 목표에 이르는 길은 반드시 열릴 것이다.

셋째, 남을 다스리려 하기 전에 우선 나를 다스릴 줄 알아야 한다.

위로 올라갈수록 나를 다스리는 일은 힘들어진다. 인간은 결코 타인에 의해 다스려지지 않는다. 나를 다스리는 것이 곧 상대방의 마음을 가질 수 있는 길이다. 나를 다스리는 데에 성공하면 세상은 더 넓어 보인다.

넷째, 나에 대한 체크리스트를 만들어 되도록 자주 점검한다.

일을 열심히 하다 보면 때로 자기가 만든 이데올로기에 함몰되어 판단이 흐려질 때가 많다. 한참 정신없이 달려가다 보면, 방향은 틀어지고 자기 자신도 통제하기 힘들어지는 것이다. 힘은 드는데 일은 삐걱대고 안 풀린다면, 잠깐 멈추고 체크리스트를 펴볼 필요가 있다. 뿐만 아니라 일이 너무 잘 풀릴 때 역시 잠깐 숨을 고르고 체크해 보는 것이 반드시 필요하다. 나쁜 일을 겪고 나서 되돌아보면 늘 징조가 먼저 왔었음을 알게 된다.

다섯째, 공부하는 자세를 잃지 않는다.

노력 없이 얻어지는 것은 없다. 더 올라갈 곳이 없는 자리라 하여도 공부하지 않으면 그 자리를 유지할 수 없다.

여섯째, 변화를 두려워하지 않는다.

내가 겪는 갈등을 가만히 들여다보면, 변화에 대한 걱정과 두려움에서 비롯되는 경우가 많다. 내가 바뀌는 것만 두려워하는 것이 아니라 주변의 환경, 사람 등이 변화하는 것까지 내 마음이 거부하는 경우가 많다. 온 마음을 항상 열어두고 어떤 상황이라도 긍정적으로 받아들일 자세가 되어 있다면 세상살이는 훨씬 편해진다.

끝으로 매사에 긍정적이고 낙관적인 사고방식을 갖는 것이 매우 중요하다.

　'모든 것이 잘 될 거야.' 라고 믿고 시작하는 것과 '안 될 거야.' 라고 걱정하며 시작하는 것과는 천지차이의 결과를 가져올 수 있다. '된다' 는 믿음이 없으면 아예 시작할 필요도 없다. 꼭 해야 할 일인데 된다는 확신이 서지 않으면 확신이 설 때까지 기다린다. 확신이 선다면 일은 이미 50% 이상 성공한 것이다. 또한 비관적인 생각보다는 낙관적인 생각이 살아가는 데 도움이 된다는 것은 분명하다.

티벳 불교에는 이런 말이 있다.
　'해결될 수 있는 일이면 걱정할 필요가 없고, 해결될 수 없는 일이면 걱정해도 소용없다.'
　이런 생각을 하면 밤에 잠이 잘 오고 건강에도 좋다.
사람과 사람의 관계로 이어지는 직장, 그 안의 갈등은 대개 자기 자신을 버리면 해결되는 부분이 상당히 많다.

모르는 체 살면 편한데 아는 체 하려니 힘들다.

부족하다 생각하고 낮추면 편한데 잘난 체 하려니 힘들다.

'내 잘못이다.' 고 인정하면 편한데, '네 잘못이다.' 고 고집하려니 힘들다.

버리며 살면 편한데 더 가지려고 하니 힘들다.

모르는 체 산다 해서 실력이 감추어지지 않고 손해보는 듯 산다 해도 잃기만 하는 것은 아니다.

언젠가 지나간 날들을 돌아보는 시간이 되었을 때, '이만하면 실패하지 않은 인생이야.' 라고 말할 수 있다면 얼마나 행복하겠는가. 뒷날에도 친구가 줄지 않는, 물러난 후 외롭지 않게 되는 그 인생이 진정한 '아름다운 성공' 이라고 생각한다.

내 인생은 내가 연출한다

내 인생은 내가 연출한다

성공 앞에서 실패를 생각하면, 실패 앞에서도 성공을 볼 수 있다. 슬픔 속에도 환희는 있고, 기쁨 속에도 슬픔의 그늘이 있음을 안다. 불행한 가운데서도 행복의 순간을 맛보고, 행복한 가운데서도 불행을 느낀다.

힘든 것과 불행한 것은 일치하지 않으며,
성공과 행복도 일치하지 않으며,
가난과 부족함이 일치하지 않으며,
풍요로움과 넉넉함이 일치하지 않으며,
지식과 지혜는 일치하지 않으며,
무식과 무지도 일치하지 않는다.

마치 온갖 색의 다른 점들이 모여 하나의 그림을 만드는 것처럼,
서로 반대 색이 뒤섞여 삶을 엮어간다.

이런 여자, 멋있게 보이더라

지킬 건 지키고, 높이 올라 갈수록 외로워지지 않기 위해서

직장에서 이런 여자, 멋있게 보이더라.

남자 후배들이 "선배님, 선배님"
찾게 만드는 여자.

생수통 번쩍 들어 갈아 끼우는 여자.

'앗, 나의 실수!' 라며 사리판단이
분명한 여자.

낙지불고기에 밥 한 공기 뚝딱 비벼
먹고 "여기, 한 공기 더요." 하는 여자.

그런데 이런 여자는 정말 싫더라.

시간마다 화장품 가방 들고 화장 고치러 가는 여자.

집안 일을 사무실에 앉아 모조리 해결하며 사는 여자.

"아무개 씨, 복사기에 종이 끼었어!"하며 남자직원 불러대는 여자.

능력 모자라 승진 못한 것을 여자라서 차별받는다고 주장하는 여자.

직장에서 이런 남자, 멋있게 보이더라.

실력 있으면서 자기자신 낮출 줄 아는 남자.

능력있는 여자 동료를 인정할 줄 아는 남자.

분위기에 동요하지 않고 자기 주관대로 판단하는 남자.

손님이 찾아 오면, 시키지도 않았는데 커피 두 잔 쟁반에 받쳐 들고 오는 남자.

그런데 이런 남자는 정말 못 참겠더라.

거래처 끌어들여 사적 이익 챙기는 남자.

자기 능력 과시 위해 멀쩡한 동료들 무능력자로 만드는 남자.

여기저기 냄새 묻혀 놓고 영역지키려 두리번두리번 눈이 벌

개진 남자.

　능력 있는 여자 동료 트집잡고 시비거는 남자.

그리고 여자든 남자든, 이런 상관은 대책 없더라.

　자기 월급에 대해 책임감 느낄 줄 모르는 상관.

　부하직원에겐 인색하고 자기 것은 철저하게 챙기는 상관.

　책임질 일 요리조리 피하고 중요한 순간에 결정 미루는 상관.

그러나 뭐니뭐니 해도 제일 골치 아픈 상관은

　머리 나쁘고 부지런한 상관,

　실력 없고 고집 센 상관.

누구나 범하기 쉬운 오류 중 하나는 바로 '나를 정확하게 평가하지 못한다.' 는 것.

　'실력 없고 고집만 센 상사' 때문에 모든 부하직원들이 골머리를 앓고 있는데, 정작 주인공은 "내 덕에 이 조직이 움직인다."고 자신만만하다. '거래처 끌어들여 사적인 이익까지 챙기는 약삭빠른 인간' 도 "나만큼 정직한 사람도 없다."고 굳게 믿으며 살고, '능력 있는 여자 동료가 승승장구하는 꼴은

눈뜨고 못보는 남자' 도 "나는 누구보다도 공정하고 민주적인 사람"이라고 말하는 데에 주저하지 않는다. 불성실하고 실력까지 없어서 외면 당하는 여자이면서 "이 사회 성차별의 희생자."라며 세상에 대고 항변한다.

많은 이들이 다른 사람에게 손가락질하느라고 정작 자신의 허물은 못보고 산다. 그러나 짬짬이, 그 손가락질을 자기 자신에게 해볼 필요가 있다. 지킬 건 지키며 살기 위해서, 높이 올라갈수록 외로워지지 않기 위해서, 그리고 무엇보다 그냥 성공이 아닌, '멋있게 성공하기 위해서' 말이다.

만물의 규칙에 따르라

$$2\triangle + 2\bigcirc + 2\square + 2\cup + 8\angle = \heartsuit$$

어느 날 한 기자가 아인슈타인에게 물었다.

"당신은 그 어려운 물리학 이론들을 방정식으로 만들었습니다. 그러면 사랑도 공식으로 만들 수 있을까요?"

아인슈타인은 웃으면서 종이 위에 이렇게 썼다.

$$2\triangle + 2\bigcirc + 2\square + 2\cup + 8\angle = \heartsuit$$

사랑이란 두 개의 '삼각형'과 두 개의 '원', 두 개의 '사각형', 두 개의 '유', 그리고 여덟 개의 '각'을 모두 더한 합계라고. 사랑에 웬 기하학 공식?

의아해하는 기자에게 아인슈타인이 풀어준 답은,

 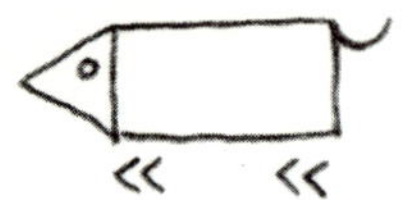

한 놈은 다른 한 놈의 뒤를 열심히 쫓아가고, 그 다른 한 놈은 뒤를 힐끔거리며 도망가는 것이 바로 '사랑' 이라는 것.

내가 아인슈타인을 좋아하게 된 것은 한 장의 사진 때문이다. 어느 날, 공항에 내린 아인슈타인에게 기자들이 몰려와 포즈를 취해 달라고 하자, 그는 동그랗게 눈을 치켜뜨고 혓바닥을 길게 내밀었다. 천진하고 장난기 가득한 이 '혀 내민 아인슈타인' 은 당시 신문마다 게재되었던 것은 물론, 지금도 인물사진 백과사전이면 어디든 빠지지 않는다.

대학시절, 사진학 강의시간에 이 사진을 처음 보고 나는 아인슈타인이 물리학자라기보다는 예술가라고 생각했다.

아인슈타인은 4~5세 때 아버지가 보여준 나침반을 처음 대하고 과학에 흥미를 갖기 시작했다고 한다. 언제나 남쪽을 가리키는 바늘을 보고 그가 깨달은 것은 '자연현상에는 규칙이 있다'는 것. 그러나 만약 그가 규칙에만 얽매어 살았다면, 그의 위대한 방정식들은 아마 태어나지도 못했을 것이다. 그는 생각하기를 좋아하고 어떤 것에도 구애받지 않는 자유로운 상상을 즐겼고 그 상상에서 태어난 가설들을 자연현상의 규칙으로 증명해 나갔다.

상상력과 규칙은 상반된 개념 같지만 실은 서로 연결돼 있다.
　'만물에는 규칙이 있다. 그리고 우리가 상상할 수 있는 일은 실제로도 가능한 일이다.'
　일이 꼬여서 잘 안 풀릴 때나, 두려움 반으로 새로운 일을 시작할 때, 나는 이 명제를 늘 마음에 새긴다. 자연 현상에도, 인간 마음의 흐름에도 분명 규칙이 있다. 일이나 비즈니스도 마찬가지이다. 규칙과 상상력의 결합, 그것이 바로 에너지이다.
　'목표를 설정할 땐 거침없는 호기심과 상상력으로, 그리고 목표를 달성하기 위한 과정에선 만물의 규칙에 따르라.'
　지금도 나는 이 말을 실감하고 있다.

나를 사랑하자

그는 웃고 있었다.

헤어진, 아니 일방적으로 떠나버린 과거의 남자가 건 전화
수화기를 십수년 만에야 받아들고, 마치 어제 통화하고 오늘
다시 통화하는 듯이 여유롭게 말이다.

"오래간만이네요. 목소리가 나쁘진 않네요."
"……"
"꼭 만나야 할 일인가요?"
"……"

"얼마나 변했는지 볼 겸해서 웬만하면 나가고 싶은데, 지금 중요한 일이 걸려 있어서 시간내기가 힘들어요."

"……"

"내가 달라진 것이 아니라 당신이 나에 대해 몰랐던 거죠."

"……"

"그때는, 어려서 나의 가치를 몰랐어요. 나도 나를 몰랐는데 당신이 알았겠어요?"

"……"

"미안해할 것 전혀 없어요. 당신과의 일뿐 아니라, 궂은 일이든 좋은 일이든 지나간 일은 내게 모두 소중하고 하나도 버리고 싶지 않아요. 지금의 나를 있게 한 밑거름이니까요."

"……"

"난 상당히 괜찮은 여자였고 지금은 더 괜찮아졌어요."

"……"

"당신은 나의 사랑을 담기엔 그릇이 너무 작아요."

"……"

"언제든 전화하세요."

전화를 끊고 그는 후— 큰 숨을 뱉었다. 그리고 자신을 보며 이렇게 말한다.

"이제야 마침표를 찍었네."

끝났지만 끝내지 못했던 과거의 마침표를 이제야 찍고, 그녀는 다시 일 속으로 들어간다. 마치 아무 일도 없었던 듯이. 사태를 정확하게 판단하고 분명하게 행동하며, 잔가지는 쳐내고 큰 가지만 남겨두는 것이 그의 스타일이다. 일만 그렇게 하는 줄 알았더니 연애도 그렇게 한다. 그는 '아름다운 여자' 다. 그는 자신을 사랑한다.

몇 년 전, 오랜 직장생활의 경험을 책으로 내놓은 후, 내게는 '성공한' 이란 형용사가 따라붙게 되었다. 방송에서, 신문에서, 잡지에서 항상 사람들은 나를 '성공한 여성' 으로 소개하자 새삼 '내가 성공한 여성인가?' 하는 생각을 하게 했다.

성공이란 도대체 무엇일까? 돈이 많은 것? 지위가 높은 것? 그렇다면 내게 성공이란 말은 어울리지 않는다. 언젠가 우리나라 샐러리맨을 대상으로 조사한 것을 보니, 지금 내 나이의 직위나 월급으로는 특별히 성공했다고 볼 수 없었다. 그러나 여성들, 샐러리우먼과의 비교라면 평균은 훨씬 웃도는 게 사실이다. 그래도 성공이라는 형용사를 붙이기는 어색하지만,

난 역시 '성공한 여자' 라고 결론을 내렸다. 이유는, 지금 내 모습을 내가 사랑하기 때문이다.

내가 내린 '성공' 의 정의는 '지금 현재의 내 모습에 스스로 만족한다면 그것이 바로 성공' 이라는 것.
나는 가끔, 내 밖으로 나와, 나를 바라보면서 말한다.
"나는 참 괜찮은 여자야."
내 안의 나를 바라볼 때 그 모습을 진정으로 사랑할 수 있다면, 그것이야말로 성공한 인생이 아닐까. 자신 스스로를 사랑할 수 있도록 만들어 나가는 것, 그것이 성공의 과정이라고 생각한다.

조용히 세상을 바꾼다

'세상을 바꿀 세 가지를 찍어 와라'

세계적인 광고회사 싸치앤싸치(Saatchi & Saatchi)의 최고경영자(CEO)인 케빈 로버츠는 고졸 학력으로 세계적인 기업의 최고경영자가 되어 경영이 악화된 회사를 일으켜 세운 것으로 유명해진 사람이다. 그는 열정적이고 늘 에너지가 충만하며 파격적이기도 하다.

언젠가 싸치에서 새로운 직원을 뽑을 때였다. 그는 이력서와 입사시험을 모두 생략하고 대신 지원자들에게 디지털 카메라를 하나씩 나눠주었다. 그리고 이렇게 주문했다.

'세상을 바꿀 세 가지를 찍어 와라.'

물, 태양, 컴퓨터, 마이크로 칩, 종교지도자, 환경운동가, 과학자, 어린이 등 이것저것 많은 아이템들이 카메라에 담겨져 왔다. 그중 한 사람이 제출한 세 가지 사진이 그의 눈에 들어 왔는데, 사진에는 입사지원자 자신의 모습이 담겨져 있었던 것. 그 젊은이는 선발되었고 기대를 저버리지 않았다.

누구에게든 세상을 바꿀 능력이 있다고 나는 확신한다. 성공한, 그래서 신문과 방송에 오르내리는 이름 날리는 여성이 아닌, 조용히 자신의 현 위치에서 최선을 다하는 모든 여성들이야말로 지금 세상을 바꾸고 있는 작업을 하고 있다고 생각한다.

박은미씨는 어려서부터 공부 잘하고 영특하다는 소리를 들었다. 대학 입시의 치열한 경쟁도 무난히 뚫고 일류 대학 신문방송학과에 입학한 그는 대학생활 역시 우수한 성적으로 마쳤다. 4학년 마지막 학기를 마친 그는 전공을 살릴 일터를 찾고 있었다.

어느 날, 학과 게시판에 모경제기관의 홍보담당 사원 채용 시험공고가 붙었다. 평소 홍보 분야에서 일해보고 싶었던 그에게는 좋은 기회였다. 더구나 그 조직은 우리나라에서 내로

라하는 직장이었으므로 욕심이 났다. 치열한 경쟁을 뚫고 그
와 함께 세 명의 여자 사원이 채용되었다.

그러나 열심히 뛰던 그에게도 서서히 회의가 일기 시작했
다. 우선 월급체계가 남성과 여성이 너무 달랐다. 공채든, 특채
든 여자 사원의 임금수준이 남자 동기들의 70%밖에 되지 않았
다. 또 입사한 지 4년째, 남자 동기들은 모두 대리로 승진하는
데, 그를 포함한 여자 동기들은 제외되었다.

세 사람은 '우리가 이런 대접을 받으며, 이 직장에 계속 머
물 필요가 있느냐.' 며 진지하게 생각하게 되었다.

그러나 그들은 모두 "포기할 수 없다."는 결론을 내렸다. 그
조직에서 여성을 공채로 뽑은 것은 그들이 처음이었고, 그들
이 만약 거기서 포기하게 되면 앞으로 여성에게 그런 기회는
영영 없어질지도 모른다는 판단이 섰기 때문이다.

또 '여자는 뽑아봤자, 일 가르쳐 놓으면 이런저런 이유로 그
만둔다.' 는 인식을 주는 것도 싫었다. 그렇기에 그들은 자신의
일에 최선을 다했고, 자기 계발에도 게을리하지 않았다.

'여성이기에…….' 라는 편견을 만들지 않기 위해, 그를 포
함한 세 명의 여자 사원들은 모두 '사명감' 을 갖고 노력했다.

그렇게 노력한 지 만 6년이 지난 후 조직은 남녀의 임금 차

이를 단계적으로 줄여나가기 시작해, 드디어 최근에는 노사 간의 임금 협약에 의해서 남녀의 임금 차이가 완전히 없어지게 되었다. 또 올해 3월 초, 세 사람은 모두 대리로 승진했다. 사실 다른 남자 동기들에 비하면 일년 반이 늦은 승진이었지만, 그들은 끝내 해낸 것이다.

"우리는 일년 반이 늦었지만, 아마 우리 후배들은 일년, 그리고 다음에는 남자 동기들과 같이 승진할 수 있겠죠."

지금 그들은 직장에서 남녀차별을 크게 느끼지 못한다고 한다. 남녀의 임금수준이 완전히 같아진 이후의 인사 때에도 비교적 동등하고 공평하게 승진이 됐다는 소식을 들을 수 있었다.

약간 느리긴 해도, 우리 사회에서 남녀 평등의 개념은 서서히 바람직한 방향으로 정착되고 있는 듯 하다. 혁명이나 개벽을 할 정도의 대단한 것만이 세상을 바꾸는 것은 아니다. 한 사람의 말없는 행동도 주변을 천천히 바꾸어 나갈 수 있는 것이다.

울고 싶을 때 울어라, 남성들도

영원히 여성적인 것이 우리를 구원한다

흑인 인권운동가 말콤 엑스는 '검은 것이 아름답다.' 는 캐치프레이즈로 흑인들에게 자부심을 심어주었다. 그때까지 부끄러운 것으로 여겨지던 '검다' 라는 흑인들의 특성을 강조해 아름다움으로 승화시킨 것이다. 그것은 고정관념과 인식의 대전환이었다.

여성의 특성으로 특정지어진 것 가운데 하나가 바로 '여성들은 잘 운다.' 는 것이다. 이는 여성의 특성이면서 남성들보다 정신적으로 나약하고 덜 이성적인 약점으로 인정되어왔다.

나는 아버지를 닮아서 잘 운다. 엄마를 닮은 것이 아니라 아버지를 닮아서. 내 아버지는 정말 울보라 할 정도로 눈물이 많으시다. 텔레비전에서 조금만 슬픈 이야기가 나와도 훌쩍이시고, 심지어 아이들 프로그램인 만화영화 '인어공주'를 보면서도 우시고, 내가 조금만 섭섭하게 해드려도 우신다. 그래서 그런지 내 남동생 역시 펑펑 잘도 운다. 나는 어떤가? 우리 집에서 울보 챔피언이다. 어려서는 삼촌이 눈물 흔한 나를 놀리려고 아무 이유없이 그저 "효신이 운다, 운다."하기만 해도 그냥 눈물이 쏟아져 나오곤 했었다. 그런 내가 직장생활을 시작하면서 '절대 울지 않는 여자'가 되었다. 아니, 여전히 잘 울었지만, 동료들 어느 누구도 내가 운다는 것을 전혀 상상하지 못했다. 그저 직장에서 나는 '독하고 찔러도 피 한 방울 안나올 여자'가 되었다. 그것은 남성중심의 사회에서 나 자신을 강하게 보이게 하는 훌륭한 보호색이었다. 내가 이렇게 된 것은 그 방면으로 특별한 노력을 해서가 아니라, 그저 직장에서는 울 일이 없었기 때문이다. 눈물이란 감수성이 예민하게 작용하면 나오는 것인데, 직장에서는 나의 예민한 감수성을 자극할 일이 없었다. 직장에서 찔찔 짜는 여자는 질색이었고 여자 신입사원이 들어오면 나는 으레 "직장에서는 절대 울지 마라."는 것을 강조하곤 했다. 그래서 우리 사무실의 여직원들은 모두 씩씩하고, 무거운 것도 번쩍번쩍 잘 들고, 감정 컨트롤도 잘 한다.

그런데 얼마 전, 내가 일 때문에 하염없이 펑펑 울고 말았다. 눈물을 흘린 이유는 설명할 수 없지만, 다만 옳지 않은 거대한 힘이 진실을 짓밟고 힘으로 이기려 하는 상황의 한복판에 서서, 나는 분하고 억울해서 그 상황을 받아들이기 힘들었기에 울 수밖에 없었다는 것. 물론 난 아무도 없으리라고 생각하고 울었지만, 우연히 어떤 직원에게 들켜버렸다. 그때 나는 울면서도 황산성 변호사가 환경부 장관 시절, 국회에서 눈물을 보였다고 해서 온갖 매스컴에서 놀림감이 되었던 것이 떠올랐다. 소문은 삽시간에 번져 이틀날, 나는 많은 사람에게서 전화를 받았다.

"울었다며?"

나는 내가 운 것이 부끄럽다고 생각되지 않았다. '운다'는 것은 인간이 가진 참으로 아름다운 정서라 생각한다.

나는 울고 싶어도 울지 못하는 남자들이 불쌍하다. 어려서부터 남자아이가 울면 어른들은 "사내놈이 울긴……." 하면서 눈물없는 인간으로 성장시켰다. 그들에게서 눈물을 빼앗아 감으로써 남자들로 하여금 강하게 위장하도록, 호전적으로 성장하도록 강요한 것은 아니었을까.

나는 지금 우리가 걱정하는 인류의 문제, 지구의 문제를 풀 수 있는 열쇠는 폭력이 아니라 '사랑'이라고 믿는다. 그런 의미에서 여성들의 특성을 '검은 것이 아름답다.'는 맥락에서 깊이 있게 접근해볼 필요가 있다. 남성들은 이미 잃어버렸지만 아직 여성들이 간직하고 있는 인간적인 것들이 세상을 변화시킬 수 있는 힘이라고 믿기 때문이다. '영원히 여성적인 것이 우리를 구원한다.'고 말한 괴테도 그런 생각이었을 것이다.

잘 우는 두 남자, 내 아버지와 남동생이 있는 우리 집은 늘 사랑으로 가득 차 있다. 그래서 요즘 나는 이렇게 고쳐서 얘기한다.

'울고 싶으면 울어라. 여성뿐만 아니라 남성들도.'

내 인생은 내가 연출하는 것

"자, 이제부터는 내 인생이다."

친구 동생이 평소 써놓은 시(詩)를 적은 것이라며, 작은 노트 한 권을 가져왔다.

"근데, 언니한테 보여주려고 어젯밤 다시 읽어보니까 너무 못쓴 것 같아요. 그냥 언니만 보세요."

그러나 그의 시들은 어떤 유명한 시인의 것보다 내게 주는 감동이 컸다.

분노하고 좌절하고 갈등하고 사랑하고 또 행복해하고……. 그 작은 노트 안에는 삼십여 평 아파트 공간을 세상 삼아 살아온 삼십대 주부의 가슴에 이는 감정의 소용돌이가 잔잔하게,

때로는 격랑으로 일고 있었다.

    타다가 재가 되어 버리면 좋으련만.
    아무 짝에도 쓸모 없는 껌둥이만 되는 것은 아닌지.
    꼬옥 쥐고 있던 것들 그냥 놓아두면 어떤가.
    아이 손에서 풀려난 풍선처럼 둥실.

그동안 그가 가슴앓이하며 살아온 많은 부분이 내게도 아픔으로 전해왔다. 하루종일 밥하고 청소하고 아이들과 남편의 뒷바라지에, 색깔도 향기도 없을 것만 같은 '주부' 라는 이름으로 살았어도 감정의 색깔만은 퇴색하지 않는다는 것도 알았다. 그는 부끄럽지만 예쁜 시집으로 내고 싶다고 했다.

"언니, 그런데 사람들이 웃지 않을까?"

그는 용기가 없다고 했다.

"사람들이 어떻게 생각할까 하는 건 중요한 게 아냐. 네가 시집을 갖고 싶다는 그 꿈이 중요한 거야. 책을

내고 싶은 거지? 그러면 되는 거야. 네 이름이 표지에 박힌 책이 있다고 생각해 봐. 그 기분을 상상해 봐."

어수선한 봄바람에
흔들리는 계절이지만
그래도 싱그럽다
서른 여덟의 봄이여.

나는 그가 용기를 갖고 자신의 시집을 내고, 그의 시 한 구절처럼 싱그러운 봄을 늘 가슴에 간직하고 살기를 바란다.

자신을 사랑하려면 나를 위해 무엇인가를 해야 한다. 나 자신에게도 격려가 필요하고 책임감을 가져야 한다는 말이다. 그리고 남을 사랑할 때 만큼의 노력과 용기도 필요하다.

내 친구 김희연은 스물 넷에 대학을 졸업하고 서른 둘에 유학 공부를 시작해 서른 넷에 토플시험에 합격, 미국으로 유학을 떠났고 갖은 고생하며 벌어서 공부하느라 십년 만인 마흔 셋에 학위를 따고, 마흔 넷에 결혼을 해서 마흔 다섯에 아이를 낳고 마흔 여덟에 최첨단 정보회사의 중역이 되었다. 그리고 지금 쉰을 훌쩍 넘기고 있다.

그의 치아는 미국에서 공부하던 10년 사이에 다 빠졌다. 공부하고 일 하느라 몸은 쇠약할 대로 쇠약해진데다 못 먹어서 영양실조로……. 어쨌든 10년 동안 지치지도 않고 해낸 그의 공부도 대단하지만, 마흔 넷에 결혼해서 아이까지 낳은 그 용기 또한 대단하다.

그의 어머니는 그가 대학 4학년이 되던 해에 갑자기 고혈압으로 쓰러지신 뒤 유언 한 마디 없이 떠나셨고, 같은 해에 아버지는 사업에 실패, 경제력을 상실하셨다. 졸지에 가장이 된 그는 그때부터 열심히 벌어서 동생 셋을 공부시켰다. 동생들은 누나 고생이 헛되지 않게 하나하나 졸업하고 취직을 했다. 막내가 졸업하면서 취직이 되어 첫 출근하던 날, 그는 커피 한 잔을 타놓고 앉았다. 8년 만에 가져보는 여유였다. 그는 탁자 위에 비친 조그만 여자에게 말했다.

"자, 이제부터는 내 인생이다."

그는 그날로 직장에 사표 내고 공부를 시작했다. 평소에 하고 싶었던 매스컴을 전공하기 위해 미국에서 내로라하는 명문대학의 입학이 목표였다. 그날부터 하루에 네 시간 이상 자 본 적이 없다고 한다. 미국 유학생활의 후반은 다소 운이 좋았다.

교수 소개로 조그마한 광고 관련회사에서 아르바이트를 하게 되었고 성실성을 인정받아 정식직원으로 채용되었으며, 그 회사가 점차 규모를 늘려 한국에도 지사를 세웠고 그를 책임자로 발탁했던 것. 그래서 그는 한국에 나오게 되었다.

그가 단지 운만 좋았던 것일까? 아니다. 그는 결코 뛰어난 학생이 아니었다. 학창시절, 성적은 중간 정도, 특별히 예쁜 것도 아니고, 특별히 잘 하는 게 있었던 것도 아닌, 그저 눈에 띄지 않은 평범한 여학생이었다. 그가 남다르게 가지고 있었던 유일한 것은 '포기하지 않는, 삶에 대한 애착' 이었다.

그는 스스로 자신의 인생을 설계하고 그것을 굳건한 의지 하나로 실현해 나갔다. 의심이나 망설임 없이 용기를 가지고 말이다.

주위를 보면 참 대단한 여성들이 많다. 열심히 사는 여성은 아름답다. 특히 자신에 대한 의무를 다하는 여성은 어디에 있든 결코 불안하지 않다.

자존감이 있는 여성은 행복하다

"파출부 해. 그건 자신있잖아."

내가 다니던 그 직장에 전설로 내려오는 인물이 한 사람 있었다. 지금은 오십대 후반의 나이인 그는 대학을 막 졸업하고 그 직장에 들어 왔는데 한 마디로 '규격을 깨는 인물' 이었다. 원리원칙에 어긋나는 일이면 윗사람이고 동료고 가리지 않고 직설적으로 따지고 들어서, 그에게 호되게 당한 사람들의 이야기는 늘 들어도 재미있는 화제였다.

그런 그와 얼마 전 술을 같이 마시게 되었다. 그를 포함한 직장 선배들의 자리에 나를 끼워준 것이다. 그 자리에서도 단연 그의 목소리가 가장 높았다. 그가 들려준 많은 이야기 가운데 나를 감동시킨 이야기는 그의 인생철학을 알게 하는 것이었다.

어느 날 그의 부인이 '이제 나도 일을 가졌으면 좋겠다.'고 하더란다. 아이들은 다 크고 수십 년 동안 해온 집안 일, 게다가 집안 일이 쉬운 것도 아닌데 속없이 살은 자꾸만 찌고…… 취직이 힘들면 장사라도 하겠다는 것이다. 그는 부인의 심정을 충분히 헤아릴 수 있었다. 결혼생활이 30년이 다 되도록 아직도 시어머니 밑에서 눈치봐야 하는 며느리였던 부인은 넓지도 않은 집안에서 하루종일 시어머니와 마주하는 데서 오는 스트레스만도 만만치 않을 것이었다. 그러나 나이 오십의 여자를 누가 써준다는 말인가. 장사 역시 쉬운 일은 아니다. 그날도 저녁상을 물리고 부인과 그 문제가 거론되었다.

"여보, 좀 알아봤어요? 취직이 안 되면 헬스클럽에라도 다녀야겠어."

"당신 허리가 몇이지?"

"32inch"

"몸무게는?"

"70kg"

"키는 165㎝ 정도 되고 체격도 좋고 건강하고, 당신 아픈 데는 없지?”

“아픈 데는 없지. 살이 자꾸 쪄서 걱정이지.”

“당신한테 딱 맞는 일이 하나 있어. 따로 헬스클럽 다니면서
운동할 필요도 없어. 운동도 되고 돈도 벌고.”

“뭔데?”

부인이 바짝 긴장해서 다가와 앉는다.

“파출부 해. 수십 년 동안 해온 일이니 그건 자신있잖아.”

“파출부?”

처음에 부인은 농담하는 줄 알고 웃었다.

“그래, 당신 친구들이나 선배들한테 알아봐. 맞벌이 부부 중
에 파출부 구하려고 찾고 있는 사람 있을 거야.”

“정말, 산부인과 하는 영숙이 언니 있잖아?
저번에 만났는데 사람 구하려고 애쓰더
라구, 정말 해볼까?”

“당장 전화해봐. 그렇지만 무
료봉사는 절대 안 돼. 노동의
대가는 정당하게 받으라구.”

부인은 그 즉시 전화를 걸
었다. 전화를 받은 그 집에

서는 완전히 경사가 났다. 서로 속내 알고 내 식구 같은 사람이 집안 일을 해주겠다는데, 얼마나 좋겠는가.

"언니가 당장 내일부터라도 오래. 월, 수, 금요일 일주일에 세 번만 가면 되고 월급은 40만원 준다는데?"

"그 정도면 됐어. 시작해."

부인은 월, 수, 금요일이면 신이 나서 일하러 나갔다. 생기가 돌았다. 그러나 거기서 끝난 게 아니다. 나머지 화, 목, 토요일 도 놀기가 아깝다고 하더니 어느 날, 부인은 동네 어귀의 노래방에서 저녁 때 청소해 줄 사람을 구한다는 말을 듣고 찾아가 그 일도 하기로 한 것이다. 월급 70만원.

"합해서 월수 110만원이야. 요새 우리 마누라 신났어."

그 얘기를 들은 나는 그도 대단하지만, 그 부인이 더 위대하다는 생각을 했다. 역시 그런 부인이 있었기에 저 남자가 그렇게 배짱 부려가면서 큰소리치며 살 수 있었던 것이다.

직업에 귀천이 없다고는 하지만, 큰 규모는 아니라도 한 회사의 대표자인 사람이 자기 부인에게 파출부를 하라고 권하는 것도 보통 사람의 생각을 뛰어넘는 것이고, 그보다도 명문대학까지 졸업하고 결혼하기 전까지 내로라하는 회사에서 직장생

활하며 날리던 부인이, 동창들의 집에서 주저없이 파출부를 하
겠다고 나선 그 여유와 자신감은 참으로 존경할만한 것이었다.

허세와 가식이 난무하는 우리 사회에서 그 모든 것 잘라버리고
일을 즐기며 살아가는 부부의 모습이 한없이 귀하게 보인다.

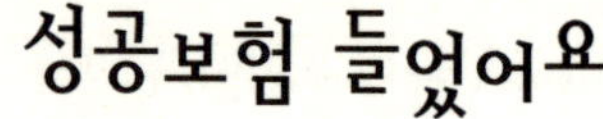

성공보험 들었어요

'어느 쪽이 하고 싶은 일이고 어느 쪽이 해야 할 일인가?'

"어떻게 말을 해야 좋단 말인가. 스물 세 살의 젊은 여자가 죽은 것이다. 그녀는 모차르트를 좋아했고 바흐를 좋아했고 비틀즈를 좋아했고 그리고 나를 좋아했다."

정말 놀라운 일이다. 나는 지금 20년 전에 읽은(그후로는 다시 읽은 적이 없는) 소설 '러브스토리'의 첫 구절을 외우고 있다. 인간의 두뇌는 컴퓨터처럼 인식한 정보를 저장하는 기능이 있다는 것이 사실인 모양이다.

중·고교 시절, 그러니까 지금으로부터 30~40년 전인 10대 때가 아마 책을 가장 많이 읽었던 시기였을 것이다.

내 친구 연홍이는 수유리에 살았는데, 사업을 하시던 연홍이 아버지는 책을 모으는 것이 취미였다. 2층 거실벽면 전체가 책장이었을 정도로 연홍이 집에는 책이 많았다. 나는 일요일마다 연홍이 집으로 놀러 갔고 거실의 그 책들을 읽기 시작했는데, 책을 골라서 읽는 게 아니라 왼쪽 제일 첫 번째 꽂혀 있던 책부터 차례로 읽어나갔다. 첫 번째 꽂혀 있던 책은 을유문화사에서 나온 세계문학전집 1권 「젊은 사자들」로 기억한다. 세계문학전집 100권, 그중에는 내 나이에 이해하기 힘든 책도 있었지만 이해를 하든, 못하든 나는 다 읽었다.

분노의 포도, 개선문, 율리시즈, 백경, 변신, 유리알 유희, 연애대위법, 더블린 사람들, 전쟁과 평화, 카라마조프의 형제, 죄와 벌, 이방인 등.

나는 가끔 이런 생각을 한다. 내가 지금 이 직장에서 내게 주어진 역할을 무리없이 해낼 수 있는 것은, 내가 고교 때 국어나 수학 성적이 좋았던 것도, 신문학을 전공했기 때문도 아니고 단지 내가 일찍 들어놓은 성공보험 때문이라고.

내가 낸 성공보험료는 중학교 때부터 시작한 '책읽기' 이다. 그건 분명하다. 내가 난관에 부딪칠 때마다 내게 길을 열어준 것은 언젠가 읽은 책 속의 한 구절일 때가 많았다.

'인간은 하고 싶은 일보다 해야 할 일을 선택해야 하는 경우가 있다.' 아마 「유리알 유희」에 나오는 말일 것이다. 이 말은 지금까지도 내가 직장생활을 지혜롭게 하도록 이끌어주고 있다. 살다보면 우리는 둘중 하나를 선택해야 할 때가 있다. 그럴 때마다 이 글귀는 내게 '잣대' 가 된다.

'어느 쪽이 하고 싶은 일이고 어느 쪽이 해야 할 일인가?'

그뿐인가. 쉽게 풀리지 않는 비즈니스를 도와준 것도 한두 번이 아니다.

그리스의 한 단체와 연결을 해야 할 일이 있었다. 그쪽 대표는 여자였는데 약간 도도하고 또 매우 낯가림이 심해서 좀처럼 다가가기가 쉽지 않은 상대였다. 폴란드에서 있었던 국제세미나에서 어떻게 눈이 마주쳤는데, 그때에야 나는 말을 걸었다.

"그리스에 꼭 한번 가보고 싶어요. 특히 니코스 카잔차키스(Nikos Kazntzakis)*가 살던 동네에는 꼭 가보고 싶어요."
나는 한때 그리스 작가 니코스 카잔차키스가 쓴 「영혼의 자서전」이라는 책에 푹 빠져 몇 번을 다시 읽곤 했었다. 그 여자는 얼굴에 가득 웃음을 띠우며 말했다.

"니코스 카잔차키스? 그 사람 책을 읽었어요? 그리스 사람들도 모르는 사람이 많은데……."

"내가 제일 좋아하는 책이에요. 정말 그리스적인 작가예요. 그의 책을 읽으면 그리스에 한 번도 가보지 않은 사람이라도 거기에 살고 싶은 생각이 들 것 같아요. 「그리스인 조르바」를 보고 그리스가 얼마나 좋아졌는데요."

그 여자는 내 손을 잡고 한적한 테이블로 데려가더니 자신의 옆에 앉혔다. 카잔차키스는 그 여자가 제일 좋아하는 작가라고 한다. 우리는 한 시간 넘게 카잔차키스에 대해 이야기했다. 그리고 그는 그리스에 올 때 꼭 자신의 집에 묵어야 한다고 거듭 신신당부를 하는 것이다. 당연히 일은 일사천리로 풀렸다.

돌이켜 보면 책읽기도 때가 있는 것 같다.

10대에는 낭만, 사랑 이런 것들에 깊은 감동을 받았다, 「제

---

* 니코스 카잔차키스 Nikos Kazntzakis [1883. 2. 28 ~ 1957. 10. 26] 크레타섬 이라클리온 출신. 여러 나라를 편력하면서, 역사상 위인을 주제로 한 비극을 많이 쓴 그리스 작가이다. 당시 유럽의 철학 · 문예 · 사회사조 등의 영향을 크게 받으면서도 자연인의 본원적(本源的)인 생명력을 잃지 않았으며, 그의 이러한 신념은 고향을 무대로 한 소설 「그리스인 조르바」(1947)에 잘 반영돼 있는 것으로 평가되고 있다. 이외에도 그리스 난민의 고통을 묘사한 「다시 십자가에 못박히는 그리스도」(1955) 등 만년의 소설에 의해 세계적인 명성을 얻었으나, 그는 본래 시작(詩作)을 활발히 했던 것으로 알려져 있으며, 그중에서도 특히 호메로스에서 취재해 근대인의 고뇌를 그린 장편 철학시 「오디세이아」(1938)가 대표작으로 손꼽히고 있다.

인에어」,「닥터 지바고」를 밤새 읽으면서 애틋한 사랑을 온전히 내 몸으로 느꼈다. 20대가 되어 난 인생의 고된 부분을 경험하게 되자 이 땅에서의 삶에 관심이 갔다.「월간문학」,「한국문학」,「창작과 비평」 같은 문학잡지를 정기 구독하면서 우리 땅, 우리 민족의 삶을 알게 되었다. 30대, 인생이 다소 지루하게 느껴져서일까, 나는 추리소설이란 추리소설은 거의 다 읽었다. 40대가 되니, 이젠 내 삶을 관조하게 되었고 그러자 사회·과학서적에 관심이 갔다. 50대, 이제 내 관심사는 '남은 생을 어떻게 마무리할까?' 에 머문다. 요즘 내가 읽고 있는 책은 문명을 떠나 자연에서 살다간 헬렌 니어링의 「아름다운 삶, 사랑 그리고 마무리」이다.

안타까운 것은 깨알 같은 글씨의 그 두꺼운 책을 하룻밤에 독파해내던 에너지가 이제는 없다는 것이다. 요즘은 한 번에 다섯 페이지 이상 읽기가 힘들다. 내가 10대 후반에 읽은 분량만큼 읽으려면 아마 30년은 걸릴 것이다. 얼마나 다행인가, 그때 읽어둔 것이.

책읽기, 그건 내가 일찍 들어놓은 성공을 위한 보험이었던 것이다.

여자라서 좋다

나는 직장생활에서 내가 여자라서 손해를 보았다기보다는 오히려 득을 많이 본 것 같다. 그렇다고 여성으로서 차별을 받지 않았다는 것은 아니다. 차별은 이 순간에도 존재한다. 내 얘기는 지금의 이 자리에 오기까지 여자라서 유리했다는 것이다. 차별을 말하자면 이 사회의 차별이 뭐 여성에 대한 것뿐인가? 우리 직장 안에 얼마나 많은 차별이 존재하는가.

학력차별, 나이차별, 출신지에 대한 차별, 장애인에 대한 차별 등.

여성의 가장 큰 강점은 '지킬 건 지키고자 하는 의지' 가 남성보다 우월하다는 점이다. 지킬 건 지키고자 하는 의지는 남에게 신뢰감을 준다. 우리 사회는 다행히도 이 신뢰 면에서 남성보다 여성에게 후한 점수를 준다. 이것은 생각하는 것 이상의 '따고 들어가는 점수' 이다.

일의 대부분은 사람과 사람의 관계이다. 그 관계에서 처음 따고 들어간 신뢰의 점수만 까먹지 않고 지킬 수만 있다면 남성중심의 사회에서 훨씬 쉽게 목표에 도달할 수 있다. 그런데 이러한 강점은 땅으로 표현되는 여성성에서 나온다.

얼마 전, 나는 아버지, 어머니와 함께 땅콩을 심었다.

"농사 지으면서 기분 좋을 때는 아무 것도 없는 땅에서 싹이 뾰족뾰족 올라올 때, 그리고 거둬들일 때야. 이 맛에 농사 짓지."

어머니는 정말로 땅을 사랑하신다. 그런데 뾰족뾰족 싹이 올라올 때가 됐는데도 땅콩 밭에서는 아무 소식이 없다. 땅콩을 심은 두렁 옆에는 수박 씨앗도 심어 놓았는데 땅콩보다 훨씬 전에 심은 그곳마저도 한두 구멍만이 뾰족이 싹이 나왔을 뿐 소식이 감감하다.

"아무래도 씨앗을 잘못 사온 모양이야."

밭을 갈고 땀흘린 생각을 하자 조바심이 나셨는지, 아버지

는 이른 새벽 자리에서 일어나자마자 제일 먼저 밭으로 나가
보곤 하셨다.

"아버지, 너무 속상해하지 마시고 엄마랑 바람이나 쐬고 오
세요."

나는 아버지의 사기도 북돋울 겸 밭일이 더 바빠지기 전에,
어머니와 제주도에 다녀오시라고 권했다. 그런데 제주도로 떠
나시는 날 아침부터 비가 주룩주룩 내리기 시작하더니, 삼박
사일 내내 제주도에서 내리는 비만 바라보다가 두 분이 집으
로 돌아오셨다. 우리 동네는 그때까지도 빗발이 멈추지 않은
채였다.

아버지는 오시자마자 밭으로 나가신다. 그때 아버지는 보셨
다. 가망없어 보이던 밭에, 씨앗을 심어놓은 구멍마다 그 무거
운 흙을 들추고 나온, 마치 두 손을 세상으로 내밀고 있는 듯한
파란 생명들을. 생명은 비를 흠뻑 머금고 부드러워진 흙 속에
서 며칠 사이에 얼굴을 내민 것이다. 그리고 보니 계속 내린 비
로 먼 산의 연초록 빛이 진초록으로 바뀌었고 들녘도 생기가
돋아나기 시작했다.

"싹이 다 나왔어!"

아버지가 흥분한 나머지, 어머니에게 달려가자, 어머니는

조용히 말씀하신다.

"땅은 절대로 사람을 속이지 않아."

우리는 땅에 대해서 많이 이야기한다. 격언으로, 속담으로, 덕담으로. 인생에 올바른 방향을 제시하려할 때 땅과 관련된 비유가 자주 등장한다. 이처럼 '땅' 하면 제일 먼저 떠오르는 이미지는 '신뢰감' 이다. 땅은 정직하다. 그리고 무엇보다 중요한 것은 재생산을 한다는 것이다. 그런데 재생산을 위해서 땅은 노동을 필요로 한다. 그래서 힘들다. 그러나 그 노동은 이 세상에서 가장 소중하고 가치있는 노동이다.

과거, 우리 선인들은 남자는 하늘, 여자는 땅이라며 남존여비의 상징으로 땅을 여성에 비유했었다. 내 생각은 이렇다. 여성이 땅임을 거부할 필요도, 이유도 없다고. 다만 땅과 하늘의 의미가 왜곡돼 있다면, 이는 반드시 바로 잡아야 할 것이다. 이미 '하늘 같은 남편' 이라는 말은 사라져가고 있다. 그리고 지구 위의 하늘에도 구멍이 뚫리고 있다. 남성들, 그냥 하늘인 채로 놔두자.

'땅은 절대로 속이지 않아.'

지금 위기를 맞고 있는 우리 인류를 구원할 힘이 땅에 있다. 나
는 여자라서 좋다. 그리고 여자는 땅이라서 좋다.

이혼을 두려워 하지 말라

'남이 만들어 놓은 틀은 싫다.'

어느 날 이상한 초대장을 받았다. 초청인은 평소 잘 알고 지내
던 변호사 부부였다.

저희 두 사람이 부부로 맺어진 지 벌써 7년이 되었습니다.
그동안 저희 부부에게 보내주신 관심과 애정에 진심으로
감사드립니다. 그러나 여러분의 기대와는 달리, 저희는 헤
어져 이젠 각자의 길을 가기로 결정하였습니다. 이제 결혼
생활을 마감하면서, 7년 전 저희 결혼식에 참석해주셨던
분들께 자초지종을 설명하는 것이 도리이겠기에 모시고

자 하오니, 부디 참석해 주시기를 부탁드립니다.

'이혼식'에 초대된 것이다.

그날, 파티는 성황이었다. 그러나 손님들은 웃어야 할지, 엄숙한 표정을 지어야 할지, 주인공에게는 무슨 말로 첫 인사를 건네야 할지, 어색할 수밖에 없었지만 주인공 두 사람은 마치 생일파티라도 되는 듯 얼굴에 웃음을 가득 담고 나란히 서서 손님을 맞고 있었다. 시간이 되자 두 주인공이 마이크 앞에 섰다.

"먼저 바쁘신 중에도 이렇게 참석해주셔서 감사드립니다. 이미 말씀드렸듯이 저희 두 사람은 오늘로 결혼생활을 마감합니다. 그동안 서로에게 맞춰보려고 무척 노력했습니다만, 잘 되지 않았습니다. 서로에게 상처를 주며 함께 사는 것보다는 좋은 마음으로 각자의 삶을 사는 것이 현명하다고 판단했습니다. 우리는 헤어지지만 서로 미워하지는 않습니다. 오히려 좋은 친구로서 서로를 격려해주고 있습니다. 오늘 여러분을 모신 것은 7년 전 여러분 앞에서 한 약속을 지키지 못한 것에 대해 사과드리기 위해서입니다. 저희는 괴로울 때나 즐거울 때나 서로 사랑하며 죽음이 우리를 갈라놓을 때까지 함께 살겠다고 여러분 앞에 맹세했습니다. 그 약속을 지키지 못한 것을 용서해 주십시오. 그리고 앞으로도 저희 두 사람에게 변함없는 사랑 보내주시기를 부탁드립니다."

한두 사람이 박수를 쳤지만, 박수칠 일은 아닌 것 같아, 박수를 친 사람이나 가만히 있던 사람이나 입을 다물고 있는데, 그때 여주인공이 웃으며 마이크 앞에 섰다.

"한 가지 더 드릴 말씀이 있습니다. 남편의 사무실은 강남이고 제 사무실은 강북입니다. 그동안 혼동하시는 분이 많았는데 지금까지는 상관없었지만, 이제부터는 혼동하지 마시고 제 손님은 꼭 강북으로 오십시오."

그의 말에 참석한 사람들은 모두 웃음을 터뜨렸다. 어색한 분위기는 사라졌고 시간이 지날수록 사람들은 "그래, 잘했어." 하며 모두 격려해주었고 이혼파티는 끝났다. 특별한 파티였다. 이 이야기는 내 대(大)선배가 실제로 겪은 일이라며 들려주신 것이다.

결혼한다며 청첩장을 들고 찾아오는 후배에게 나는 이런 얘기를 한다.

"이혼을 두려워하지 말라."

결혼을 앞둔 사람에게 웬 방정맞은 악담이냐 하겠지만 나는 진심이다.

때로 고정관념이 참 무섭다는 생각을 한다. 나는 일이 잘 안 풀릴 때는 가끔 뒤집어서 생각해보는 버릇이 있다. 이미 결정된 것들 모두 무시하고, 백지상태에서 최선의 방법을 정리해본다. 이 방법을 쓰면 어렵던 문제가 의외로 간단하게 해결되는 경우가 많다. 내가 '이혼을 두려워하지 말라.'고 하는 것도 대다수의 부부들이 '결혼생활은 행복해야만 한다.'고 생각하기 때문에 더 좋은 해결방법을 두고도 쉽게 이혼하기에 하는 얘기이다. 내 주위에는 이혼을 두려워하지 않고 살다보니, 가정생활이 더욱 편안해지는 것 같다고 말하는 후배들이 많다. 고정관념에서 해방되면 생각은 더욱 자유로워지고, 그만큼 상대방을 받아들이는 것도 더 넓어지는 모양이다.

'남이 만들어 놓은 틀은 싫다.'

나만의 방식으로 세상을 다시 꾸며보는 것도 또 하나의 승리가 아닐까?

목표에 도달할 수 있는 길은 많다

'마음이 편안하고 자유로운 곳에 있어라.'

'수영을 배워보자.' 고 큰 맘 먹고 사무실 근처 수영장에 등록했다. 오전 7시부터 시작하는 직장인 기초반. 그러나 고난은 첫날부터 시작됐다.

"여기는 수심이 140㎝지만, 저기는 180㎝예요. 누구든지 발길이가 20㎝는 넘으니까 발끝으로 서면 목은 다 나오게 돼있습니다. 안심하시고 저 끝까지 가세요. 자, 출발!"

강습반 20명 중 50대 여자는 나 하나 뿐. 게다가 수강생 대부분이 근처 사무실에서 근무하는 20대 남자들이었다. 강사는 발끝으로 바닥을 치고 튀어 오르라고 했지만, 키 155㎝의 내게는 아무래도 무리였다. 아무리 발을 곧추 세워도 발끝이 바닥에 닿을 리 만무한 것. 강습의 진도나 환경은 혈기왕성한 젊은 이들에게 맞춰져 있었던 것이다.

허우적대며 생사를 넘나들기 사흘, 당시 나는 수영만 생각하면 공포 그 자체였다. 포기하자니 거금을 주고 산 수영복도 아깝고, 십 만원이나 하는 수강료도 아깝고.

나는 강습시간에 맞춰 가긴 했지만, 다른 수강생들과 같이 배우진 않았다. 강습은 수영장 50m 풀의 왼쪽 - 플라스틱 줄을 쳐놓은 - 몇 개 라인에서 하고 있었지만, 나는 그들이 눈치채지 못하게 출발라인에서만 혼자서 따라했던 것. 수심이 140㎝ 되는 곳만을 왔다갔다하기란, 약간 외롭긴 했지만 마음만은 편했다.

'우선 물에 대한 공포감부터 없애야 돼.'

나는 혼자서 물 속에 머리를 박고 또 박았다. 한달 정도가 지나니 왼쪽의 총각들은 그럴 듯한 자유형 폼을 내어간다. 그런데 나는 머리를 박은 채, 물에 떠서 물장구 치며 앞으로 나가는 것이 고작이다.

'강습 순서는 봐 두었으니, 석 달이 되든 일 년이 되든 혼자서 해보리라.'

그런데 제대로 된 폼을 위해서는 강습을 받아야 할 것 같았다. 그렇다고 그 강습반으로 다시 들어가려니 두려움부터 앞서고 영 자신이 없다. 그때 한 가지 묘안이 떠올랐다.

'아줌마들과 함께라면?'

나는 집에서 가까운 수영장을 찾아갔다.

수영장이 우선 마음에 들었다. 제일 깊은 곳이 140㎝, 안심이다. 오후 7시부터 시작하는 주부반에 등록했다. 그리고 첫날, 나는 너무너무 행복했다. 동네 아줌마들, 140㎝의 물에서도 허우적대며 난리가 아니다. 나는 회심의 미소를 지었다. 최소한 뜰 수는 있으니까.

여자 강사는 내게 '아주 잘한다.' 며 물장구치는 시범을 보여달라고 했다. 상황은 완전히 뒤바뀌었다. 여기선 내가 우등생이다. 자신감이 생겼다. 자신감이 생기니까 물이 전혀 무섭지 않았고, 안 되던 것도 잘 되는 것이다.

이제는 수영이 너무 재미있다. 언젠가는 꼭 해볼 것이다. 지중해에서 우아하고 아름다운 수영을 말이다.

선배들은 말한다.

사람은 큰물에서 놀아야 한다고, 친구를 사귀어도 자신보다

월등히 뛰어난 사람들을 사귀라고, 그래야 발전이 있다고. 맞는 얘기인 것 같지만, 바람직한 얘기는 아니다. 나는 후배들에게 이렇게 말한다.

'마음이 편안하고 자유로운 곳에 있어라.'

내노라하는 기업체에서 우수인력이라고 대접받는다해도, 내 의지대로 일을 추진하지 못하는 경우가 얼마나 많은가.

동대문 시장에서 개인사업으로 크게 성공한 여자가 있다. 그는 학교 다닐 때 공부를 지독히도 못했다고 한다. 그런데 그가 장사로 성공하리라는 것을 가족들은 진작에 알고 있었다고 한다. 그가 초등학교를 다니던 때의 일이다.

'10000-(500 × 8)-(1000 × 2)=?'

오빠에게 계속 쥐어 박히면서도 문제를 풀지 못해 쩔쩔매던 아이는 이렇게 말한다.

"돈으로 말해 봐."

"그러면 맞출 수 있냐? 너한테 만원이 있는데, 오백원짜리 사과 여덟 개 사고, 천원짜리 과자를 두 봉지 샀어. 그럼 얼마가 남았겠냐?"

아이는 3초도 안 걸려서 정답을 말했다. 그 뒤부터 아이의 별명은 '돈으로 말해 봐' 가 되었다.

직장에서 난 아직까지 모두 다 잘하거나, 모두 다 못하는 사람을 본 적이 없다. 중요한 것은 '그 직장에서 필요로 하는 자질이 무엇인가.' 하는 것이다. 만약 기억력이 뛰어난 사람이 창의력을 필요로 하는 회사에서 근무하고 있다면, 회사는 그 사람을 무능력자로 평가할지도 모른다. 사람마다 경쟁력이 강한 부분이 있다. 그리고 여성이 남성에 비해 경쟁력이 확실히 우수한 부분도 있다.

'걸어 다니는 영어사전' 이라는 별명을 가진 사람이 있었다. 그 사람보다 영어 단어를 많이 아는 사람이 없을 정도로. 그런데 그가 회사에서 가장 무능력한 사람으로 소문이 났다.

　영어를 잘해서 국제부로 스카웃이 됐는데, 국제부의 업무가 단순히 영어만 잘해서 되는 게 아니었던 것. 즉, 각종 국제회의를 구성하여 추진하고, 정부 해당부처의 협조를 구하고 특히 조리있게 말하는 대화술과 설득력, 늘 팽글팽글 돌아가는 순발력, 또한 중요한 회의의 막판 뒤집기에서는 배짱과 결단까지 필요한 업무였으니……. 결국 그는 직장에서 패배, 물러날 수밖에 없었다. 직장에서 권고사직으로 불명예스럽게 물러났던 것이다. 그런데 최근 그가 퇴직금으로 영어 학원을 차려서 대성공을 거두었다는 후문이 들린다.

자신의 적성과 맞지 않는 곳에서 상처받으며 갈등하는 경우를 종종 본다. 그런가 하면 자신과 비슷한 사람끼리 모인 곳에서, 또는 조금 못한 듯한 곳에서 자신의 능력을 마음껏 펼치며 인정받는 사람도 본다.

높은 곳만 올려다보며 쫓아가는 야망은 때로 '힘겨운 인생'만을 남길 수 있다. 어느 곳에 있든지, 목표에 도달하는 길은 있다.

욕심을 버리면 마음이 평화롭다
제일 어려운 것은 '주는 것을 거절하는 것'

연말연시가 되면 일년 동안 신세를 진 사람, 고마운 사람들을 떠올리고 마음의 징표를 건네게 된다. 마음은 있어도 고마움에 대한 표시가 어려운 이 세상에, 그래도 일년에 한번 마음과 마음을 연결하는 선물의 오고 감은 우리의 좋은 풍습이라고 생각한다. 단지 그 선물이 도를 지나치거나 불순한 동기가 숨어있을 때 문제가 될 뿐.

직장생활을 하다보니, 특별한 때가 되면 주는 입장이 되기도 하고, 받는 입장이 되기도 한다. 그런데 선물을 받아보면 받아서 흐뭇하고 부담없는 것이 있는 반면 어떤 것은 부담스럽

고 찜찜하기까지 한 것도 있다. 그러나 순수한 정(情)의 표시는
받아들이고 과한 것은 물리치는 지혜가 그리 쉬운 것만도 아
니다.

지금 내가 속한 조직은 이권이 개입되어 있는 곳도 아니고,
큰 거래가 오고가는 조직도 아니어서 부담을 갖고 줘야 하거
나 받아야 할 고민은 없다. 단지 명절 때면 순수한 '정'의 표시
로서 약간의 물건들이 오고가기는 한다.

지난 추석 때였다. 거래처 강이사에게서 전화가 왔다.
"박상무, 성격 아는데, 그래도 사람 사는 게 그런 게 아냐."
무슨 소리를 하려는 것인지 알 것 같았다. 나는 거래처와 거
래를 시작할 때 꼭 다짐을 받아내는 것이 있다. 첫째, 정직할
것. 둘째, 명절이라고 선물같은 거 보낼 생각은 하지도 말 것.
"무슨 때 됐다고 뭐 보내기만 하면, 난 그 자리에서 다 찢어
버릴 테니까 알아서 해."
내게서 이러한 경고를 받은 터라 강이사의 말투에는 주저
함, 조심스러움, 고민이 뒤섞여 있다. 강이사와 나는 20년 이상
알고 지내온 까닭에, 나는 그의 변함없는 성실함을 마음 속깊
이 존경하고 있었다. 그 역시 나를 잘 알고 있다.

"그래서? 무슨 말 하려고 그러는 거야?"

"내 말은……. 정이라는 게 있는데 그걸 무시하고 살면 안 된다는 거야. 우리 직원이 갈 거니까 제발, 나 무안하게 하지마. 마음의 표시니까."

나는 그만 '정'이라는 말에 마음이 약해져 "알았어." 하고 말았다. 그리고 피차간 조건이 붙은 거래가 오갈 관계가 이미 아니라는 것도 너무나 확실히 인지하고 있던 터. 백화점 상품 권이라도 한장 주면 생활필수품이라도 사서 썰렁한 우리 직원 들에게 하나씩 나눠주려는 생각이었다.

얼마 후 하얀 봉투 하나가 내게 전달되었다. 그런데 봉투를 개봉한 나는 약간 당황했다. 우선 봉투 안에는 빳빳한 만원짜 리 지폐들이 있었고 그 금액이 내 예상을 초월하는 것이었다. 그러나, 너무 바빠서 물건을 살 수 없었다는 메모와 함께 들어 있던 지폐들에 불순한 의미가 담겨 있다고는 생각되지 않았 다. 왜냐하면 강이사가 다니는 회사와 우리 회사의 거래액수 나 거래량이 너무나 미미한데다, 내용이 까다로워서 오히려 우리가 떨어져나가는 게 강이사의 회사를 도와줄 정도였기 때 문이다. 나는 한참을 고민하다가 강이사의 '정'은 받되 나머 지는 돌려주기로 했다. 강이사가 말하는 '정'의 크기는 우리

회사의 열 명 남짓 식구에게 점심 한 끼 사는 정도면 족하다고
생각했다. 나는 나머지 돈을 편지와 함께 봉투에 넣었다.

보내주신 것 고맙게 생각합니다. 그것으로 우리 직원들
함께 점심을 먹었습니다. 그리고 여기 남은 것을 돌려드
립니다. 제가 이렇게 하는 이유는 우리 직원들, 특히 이제
막 직장생활을 시작한 젊은 친구들을 사랑하기 때문입니
다. 지금 이 돈을 받게 되면 내년 이맘 때, 또 기다리게 되
고 조금씩 조금씩 더 큰 것을 바라게 되겠죠. 저는 사랑하
는 내 후배들이 그런 식으로 나이 먹어 가기를 바라지 않
아요. 사람 사는 정이 그런 것이 아니라고 하셨죠? 맞아요.
강이사님에 대해 남다른 정을 느끼고 있기 때문에 이런
말도 솔직하게 할 수 있는 거예요. 강이사님에 대해서는
우리 직원 모두 마음속 깊이 진심으로 존경하고 있어요.
강이사님 역시 저와 저희 직원들 좋아한다고 믿고 있는
데, 아닌가요? 저의 맘 헤아려주시고 앞으로도 변함없이
도와주세요.

강이사는 내 앞에서 그 편지를 읽었고 내 뜻을 받아주었다. 우

리는 웃으며 악수했고, 그때 난 그의 손바닥과 내 손바닥 사이
에서 진정 따뜻한 정을 느낄 수 있었다.

지금까지 내가 경험한 바로는 받는 입장도 어렵고 주는 입
장도 어렵다. 그리고 제일 어려운 것은 '주는 것을 거절하는
것'이 아닌가 한다.

잠재된 '끼'를 꺼낸다

"왜, 아이들 전체가 똑같이 보여야 되요?"

별이 총총히 뜬 밤, 꼬마는 할아버
지 등에 업혀 가는 밤길이 좋다.
할아버지의 출렁이는 발걸음
에 맞춰 꼬마의 조그만 다리
가 앞뒤로 움직인다.
　"할아버지, 하늘에 별이 많아요."
　"그려……."
　"별이 나를 쫓아와요. 할아버지."
　"왜, 쫓아오남?"

"심심해서 따라온데요."

꼬마는 도시로 이사해서 초등학교에 들어갔다. 어느 날, 시험 문제에 이런 것이 나왔다.

'우리를 위해 길거리를 청소하는 사람은 누구인가?'

꼬마는 '아버지'라고 썼다. 그런데 답은 틀렸다. 정답은 '환경미화원'이었던 것. 꼬마는 이해할 수 없었다. 우리 아버지는 아침마다 온 동네 골목길을 다 청소하시는데.

꼬마는 엄마에게 물었다.

"정답은 언제나 하나밖에 없는 거야?"

꼬마가 어느덧 커서 고등학생이 되었다. 키도 180㎝나 되는 장정이 되었다. 꼬마는 매일 아침 앞머리를 조금 올려보기도 하고 꼬부려보기도 하느라, 매번 지각하기 일보 직전에야 교실에 들어가곤 했다. 그러던 어느 날, 살짝 들어올린 앞머리 때문에 꼬마는 선생님께 몽둥이로 4대나 맞아야 했다.

"공부도 못하는 게, 머리할 시간에 공부나 더 해."라며 꼬마를 쥐어박는 선생님께 처음으로 분노와 모욕감을 느꼈다. 꼬마는 엄마에게 물었다,

"엄마, 2㎝이상 머리를 더 기르면 왜 안 돼요? 왜, 아이들 전체가 똑같이 보여야 되요?"

과거 우리나라는 별과 대화를 나누던 꼬마를 '넷 중에 하나를 찍는 기술자' 로 만들고, '공부 못하는 놈 = 나쁜 놈' 으로 만들었다. 그동안 교육 제도나 내용이 많이 개선됐다고는 하지만, 여전히 대학 입학을 위한 중 · 고교 입시교육은 우리 젊은이들의 창의력과 상상력을 죽여간다.

내가 일하고 있는 광고 분야에서는 특히 상상력과 창의력이 성공과 실패를 좌우한다. 선진국의 광고를 볼 때마다 그 기발한 아이디어에 혀를 내두른다. 우리나라 개인의 능력이 모자라서가 아니라 논리적 사고와 창의력 개발을 중시하는 그들의 교육방법이 우리의 그것과 다르고, 규제 일변도의 우리 사회 환경이 젊은이들의 상상력을 누르고 있는 것이다.

한 세계적 기업이 우리나라 진출을 위해 광고회사를 몇 개 추천해달라고 했다. 그쪽에서는 광고회사를 직접 방문해보고 결정하겠다고 했다.

첫 번째 광고회사를 방문하여 엘리베이터에서 내린 광고주

는 그냥 돌아가자고 한다. 영문을 몰라 하는 안내원에게 그는,

"이 회사는 직원들이 모두 유니폼을 입고 있네요. 볼 필요 없어요."

똑같은 옷을 입고 있는 기업 문화에서 멋들어진 아이디어가 나올 수 없다는 것이다.

프랑스 월드컵이 개최되기 얼마 전, 파리를 방문하게 되었다.

"파리라고 하면, 깨끗하고 멋있을 것만 같지? 천만에, 얼마나 지저분한데. 담배꽁초며, 쓰레기를 아무 데나 버려서 길거리는 쓰레기통이야. 그런데도 참 이상한 건, 매력이 있다는 거지."

공항에서 다운타운으로 들어가는데 정말 소문대로 길거리에는 쓰레기가 풀풀 날렸다.

"더럽다더니, 정말 더럽네."

얼마 되지않아 길거리가 쓰레기통인 이유를 알게 되었다.

공항에서 우연히 만난 한국 유학생이 몽마르뜨 언덕으로 우리 일행을 안내했다. 아침을 못먹은 우리 일행은 초콜릿을 한 개씩 들고 있었는데, 그때 그 유학생은 초콜릿 포장종이를 아무 거리낌없이 길바닥에 휙 던지는 것이다.

"아니, 그냥 그렇게 버리면 어떡해……."

"괜찮아요. 버리세요."

괜찮다는 말에도 한국에서 잘 교육받은 우리에게는 쓰레기를 버리는 것조차 그리 쉬운 일은 아니었다. 우리는 거의 한 시간동안이나 쓰레기를 들고 다녀야 했다. 그러자 유학생은 웃으면서 이렇게 말한다.

"그냥 버려도 돼요. 월드컵 때문에 길거리 쓰레기통을 다 치웠어요. 간혹 폭탄을 집어넣는 사람들이 있거든요. 지금 세 분은 '이 쓰레기를 어디에 버려야 하나.'로 한 시간이나 고민하면서 다니잖아요. 여기 사람들 생각은 그래요. 그 시간에 더욱 창조적인 것을 생각하라."

그 설명을 들은 다음에야 우리 일행은 쓰레기에서 해방될 수 있었다. 그리고 보니, 쓰레기를 버리는 사람 뒤에는 꼭 따라다니며 줍는 사람이 있다는 사실도 알게 되었다.

"마음대로 상상할 수 있는 환경을 만들어주고 뒤를 따라다니면서 쓰레기를 줍는 것, 그게 정부의 중요한 역할이라고 생각해요. 보세요. 걸어다니는 사람들 자체가 구경거리잖아요?"

프랑스의 부모와 학교에서는 초등학생들에게 컴퓨터를 가르치지 않는다고 한다. 상상력을 죽인다고. 생각에 거침이 없는 사람들, 그들이 인공위성을 만들고 환상의 색채를 만들어 내고 있다.

우리나라 기업의 기술력은 세계적인 수준이다. 이제 세계 시장에서의 승부는 창의력과 아이디어에서 결정된다. 우리 젊은 이들도 환경만 만들어 주면 잠재된 '끼'를 얼마든지 끄집어낼 수 있다. 한 조직 내에서도 마찬가지이다.

학교에서 배운 영어, 국어, 수학 실력이란 직장에서 별 소용이 없다. 남들이 보지 않은 것을 얼마나 더 보았고, 얼마나 더 느끼며 사는지, 책 속에 없는 것을 얼마나 더 알고 있는지에서 차이가 난다. 많은 것을 보고 상상하며, 주변 모든 것에 호기심을 갖고 잠재된 창의력을 살려내야 하는 것이다. 공부는 못했어도 잘 놀던 친구가 성공하는 이유가 다 있는 것이다.

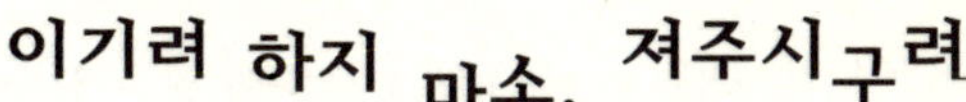

이기려 하지 마소. 져주시구려

'죽을 때까지 돈을 놓지 말고 꼭 잡으시오.'

'미워하면서 닮는다.'고 하더니 내가 딱 그짝이다.

한 번은, 직원에게 "어떻게 일을 그렇게 처리하느냐."며 한참을 나무랐는데 "상무님, 사실은……."하는 그의 설명을 듣고 보니, 그의 잘못이 아니라 내가 잘못 알고 있었던 것이다. 예의바른 그 친구는, 흥분하는 내 앞에서 한참동안이나 말 한 마디 못하고 끝까지 듣고 있었던 것. 설명할 기회도 주지 않고 나무라기부터 한 내 자신이 부끄러웠지만, 이미 뱉은 말을 주워 담을 수도 없지 않은가.

최근 들어, 예전에 싫어했던 상관의 모습을 내게서 찾을 때가
있어 깜짝깜짝 놀라고는 한다. 나도 그렇게 늙고 있는 것이다.
그때는 동료끼리 '늙어서 저러기 전에 은퇴해야지…….' 했는
데, 가끔 그걸 잊고 살 때가 있다.

그런데 며칠 전, 상관 중 한 분이 늘 갖고 다닌다며 종이 한
장을 꺼내어 내게 보여주신다.

　　늙은이가 되면 설치지 말고
　　미운 소리, 우는 소리, 헐뜯는 소리,
　　그리고 군소릴랑 하지도 말고 조심조심 일러주고
　　알고도 모르는 척 어수룩하소.
　　그렇게 사는 것이 평안하다오.

　　이기려 하지마소. 져주시구려.
　　한 걸음 물러서서 양보하는 것,
　　그게 지혜롭게 사는 비결이라오.

이게 꼭 나를 두고 하는 소리가 아닌가.
최근 들어, 목소리는 커지고 참을성은 줄어들고 남에게 지

기 싫어 억지를 부리는 일까지 있으니. 나는 그 쪽지를 한장 복사하여 책상 앞에 붙여 놓았다.

그 글은 '돈 욕심'도 버리라고 충고한다.

> 아무리 많은 돈을 가졌다 해도
> 죽으면 가져갈 수 없다오.
> 많은 돈을 남겨 자식들 싸우게 하지 말고
> 살아있을 때, 많이 뿌려서 산같이 높은 덕을 쌓으시구려.

나 역시 '이제부터는 가진 것 하나하나 버리며 베풀고 살아야 겠다.'는 마음만 간절할 뿐 실천이 어렵다고 느꼈던 터였다. 그런데 참으로 인간적이고 현실적인 다음 대목에 가서는 손바닥을 치게 한다.

> 그렇지만 그것은 겉 이야기.
> 정말로 돈을 놓지 말고 죽을 때까지 꼭 잡아야 하오.
> 옛친구 만나거든 술 한잔 사주고 손주 보면 용돈 한푼 줄
> 돈이 있어야
> 늘그막에 내 몸 돌보고 모두 받들어 준다오.

우리끼리 얘기이지만 사실이라오.

못입고, 못먹어가며 공부시켜놨더니, "부모가 다 그렇지. 나한테 도대체 뭘 그렇게 다 해줬느냐?"며 따지고 드는 게 자식이라고, 무시당하지 않으려면 내 자식이라도 다 내어줘서는 안 된다는 것이 요즘 친구들과 하는 이야기였다.

내 자녀, 내 손자 그리고 이웃 누구든 좋게 뵈는 늙은이로 사시구려.
멍청하면 안 되오. 아파서도 안 되오.
늦었지만 바둑도 배우고 기체조도 하시구려.
아무쪼록 오래오래 사시구려.

글은 이렇게 끝난다.

내 상관은 그 글을 친구에게서 받았다는데, 나중에 알고보니 누군가 인터넷에 올려놓은 글이었다. 나는 이 글을 복사하여 여러 친구들에게 나눠주고 나도 수시로 읽어본다.

이기려 하지 마소. 져주시구려.

한 걸음 물러서서 양보하는 것,

그게 지혜롭게 사는 비결이라오.

따뜻한 사람이 사랑받는다

바보든지, 약간 돌았든지,

그것도 아니면 해탈한 현자든지……

바보와 현자는 공통점이 있다.

- 모든 것에 대해 크게 놀라지도, 크게 실망하지도 않는다.
- 우리에게는 아주 대단하거나 아주 하찮은 일이 그들에게는 별 일 아니다.
- 현실적으로 불가능하다고 믿어지는 것들을 그들은 가능하다고 믿는다.
- 우리는 그들을 시험해보고 싶어하지만, 그러다가 되려 당하는 수가 있다.

바보든지, 약간 돌았든지, 그것도 아니면 해탈한 현자든지……. 아무튼 셋 중에서 하나임에는 분명한데, 어느 쪽에 속하는지 결론이 나지 않는 그런 친구가 하나 있다.

친구 넷이 우리 집에서 모이기로 한 어느 날, 그 친구만 아직 도착하지 않고 있었다. 우리는 장난기가 발동했다.

"이따가 커피 가져올 때, 걔 찻잔에 찻숟가락 대신 밥숟가락을 놓는 거야. 어떨 것 같애?"

생각만 해도 웃음을 참을 수 없어 낄낄대고 있을 때, 그 친구가 도착했다. 누군가의 '커피 마시자.' 는 제안에 주방으로 돌아선 그 순간부터 나는 웃음을 통제할 수 없었다.

쟁반 위에 네 개의 찻잔세트. 그리고 그의 찻잔 받침에 밥숟가락을 올려놓았을 때 나는 거의 죽는 줄 알았다. 조그만 찻잔 받침에 커다란 밥숟가락을 올려놓자니 자꾸만 미끄러진다. 나는 밥숟가락을 찻잔 받침에 겨우 걸쳐놓고 웃음기를 감춘 뒤, 까치발로 조심조심 거실로 걸어가 찻잔을 하나하나 내려놓고 맨 마지막에, 커다란 밥숟가락이 얹어진 찻잔을 그 친구 앞에 밀어 놓았다.

음모꾼들은 아무 일도 없었다는 듯, 밥숟가락에서 애써 시선을 피하며 내밀한 눈길만 주고받는다. 비집고 나오는 웃음을 필사적으로 누르면서.

그 친구는 잠시, 아주 잠시 밥숟가락을 내려다본 뒤 그 커다란 밥숟가락으로 설탕 반, 커피프림 반을 차례로 떠넣은 다음 작은 찻잔 속에서 덜그럭거리며 커피를 휘저었다. 아, 그 모습이란 우리가 생각했던 것 그 이상이었다.

모두가 더 이상 참을 수 없는 한계에 다다랐을 때, 그래서 우리의 음모가 발각될 수밖에 없었던 그 순간에, 구세주 허은영(음모꾼 중 한명)이 그만 방귀를 '뿡!' 뀌고 말았던 것이다. 우리는 일제히 푸하 참았던 웃음을 터뜨렸고, 웃는 것은 모두 허은영 때문이라는 듯, 그녀를 가리키며 데굴데굴 굴렀다. 그리고 "넌 안 웃겨?"하며 그 친구에게 시선을 몰아주고는 사태를 마무리하려 했다.

그 친구는 커피를 휘젓던 밥숟가락을 찻잔 받침에 미끄러지지 않도록 조심스럽게 내려놓으며, "으응~ 방구?" 하더니 허은영이 무안해 할까봐 웃는둥 마는둥 피식 웃음을 흘리고는 찻잔을 도로 입으로 가져간다.

아직도 그 친구는 우리가 그에게 어떤 짓을 했는지 모른다. 그 모습 그대로 우리 곁에 있을 뿐. 달라진 것이 있다면 나이 든 지금, 어릴 적 우리의 '밥'이었던 그 친구에게서 나는 지혜를 배우고 있다.

크게 놀라지도 크게 실망하지도 않으며, 대단한 것과 하찮은 것을 별 것 아닌 일로 생각하고, 불가능한 것들을 가능할 수도 있다고 믿는 신념, 거기에 따뜻한 마음.

그중에서도 남을 배려하는 그 따뜻한 마음은 남들과 비벼대며 살아갈 수밖에 없는, 그래서 갈등이 있을 수밖에 없는 우리의 삶터에서 가장 중요한 필수품이다.

나는 생각한다. 그 친구가 그 큰 밥숟가락으로 덜그럭거리며 아무렇지도 않게 커피를 휘저었던 것은, 아마 찻숟가락이 세 개밖에 없었을지도 모를 나에 대한 배려였다고.

꿈은 이루어진다

꿈은 이루어진다

인터넷의 여성 포털 사이트에서 직장여성들을 위한 상담 코너를 맡았다. 방문자들은 대부분 20대 초반의 직장여성들. 그때 놀란 것은 무엇이든 할 수 있는 너무나 아름다운 나이의 젊은 여성들이 이미 낙담하고 절망해서 심한 가슴앓이를 하고 있다는 사실이었다.

빨리 성공해서 행복하게 살고 싶은데, 나는 희망이 없어요.
남들은 다 똑똑한 것 같은데, 나는 바보예요.
내가 원하는 일은 이게 아닌데, 돈 때문에 하는 이 일이 너무 힘들어요.
동료들에게 왕따 당하고 있어요.
쓸데없는 일만 하고 있어요. 회사가 내 실력을 알아주지 않아요.

일, 성공, 행복, 미움, 열등감, 불안, 초조…….
나는 삶의 이치를 받아들이면 이런 것들에 짓눌리지 않고 친구처럼 편안하게 될 수 있다는 이야기들을 들려 주었다.

젊다는 것은 정말 좋다.
어떤 일을 하든, 어느 장소에 있든 아름답게 보여서 좋다.
몇 날 며칠, 밤새울 수 있는 에너지가 있어 좋다.
그리고 실패해도 다시 일어날 수 있는 시간이 있어 좋다.
'젊음' 그 자체로 그냥 좋다.

그들에게 나는 내가 경험해서 알고 있는 것만큼만 이야기해주었다.

'전문직 신드롬' 뛰어넘기

'지금 하고 있는 일에 프로가 되는 것'

요새 나는 여성들의 '전문직 신드롬'을 걱정한다.

'빨리 이 일에서 벗어나 나도 전문직으로 가야 하는데……'

현재 직장에서 근무하는 많은 젊은 여성들이 이 '전문직 신드롬'을 앓고 있는 듯하다. 일단 그 병에 걸리면 육체적 고통뿐 아니라 마음의 병까지 앓게 된다. 초조와 불안, 한탄, 지금 이 일이 하기 싫어지고 그러다가 점차 만사에 의욕을 잃게 된다.

보통 전문직이라고 칭해지는 직업들은 기자, PD, 의사, 교수, 컴퓨터 프로그래머, 웹디자이너, 패션 디자이너 등이다.

그러나 내 생각은 좀 다르다. 전문직이란 직종에 따라 구별되는 것이 아니라 일을 하는 사람이 어떻게 하느냐에 따라 구별된다는 것. 즉, '지금 내가 하고 있는 바로 이 일' 을 내가 어떻게 하느냐에 따라 얼마든지 전문직이 될 수 있음에도, 매스컴에 오르내리는 손에 꼽히는 몇몇 성공한 여성들을 보며 좌절하고 절망하고 스스로 자신을 평가절하하는 것을 보면 정말로 안타깝다.

홍성기 씨는 우리 사무실 운전기사이다.

우리는 그가 대한민국에서 운전을 제일 잘 하는 사람이라고 굳게 믿고 있다. 이건 도저히 빠져나올 수 없는 공간이라고 생각되는 곳에서도 그는 여유있고 느긋하게 차를 뺀다. 운전석에만 일단 앉으면 그는 절대 서두르는 법이 없고, 어떤 상황에서도 당황하지 않는다. 아니, 위기상황에서 그는 더 침착하고 냉정해진다.

그렇기에 그가 운전하는 차를 타면 마음이 편안하다. 우리가 그의 운전솜씨를 감탄하며 호들갑을 떨면 그는 빙긋이 웃으면서 이렇게 한 마디 한다.

"요리조리 잘 빠져나간다고 운전을 잘 하는 건 아니구요, 정말 운전 잘 하는 건 옆 사람이 편안함을 느끼도록 해주는 거, 그게 운전을 진짜 잘하는 거예요."

자신의 업무에 대한 철학까지 터득한 그를 우리는 운전의 장인으로 대접한다. 그는 당당한 프로요, 운전은 그에게 부끄럽지 않은 전문직인 것이다.

임영이 씨는 우리 사무실 경리 여직원이다.

2년 전 그가 우리 회사에 입사했을 때, 그의 나이 스무 살. 상고 졸업하고 월급도 나오지 않는 작은 회사에서 1년 근무하고 온, 물론 경리 업무는 처음부터 배워야 하는 햇병아리였다. 출근한 지 한달 정도가 되었을 때 내가 물었다.

"너 말단 경리로 직장을 끝낼래? 아니면 경리부 최고책임자가 될 때까지 한 번 해볼래?"

그는 최고책임자까지 돼보고 싶다고 했다.

"그러면 공부해. 경리만큼은 프로가 되란 말이야. 세무, 회계, 경리 문제만 나오면 너를 찾도록. 꼭 경리의 달인이 돼보라구."

그는 작년 모전문대학 회계학과 야간에 입학했다. 공부를 시작한 후, 그의 사무능력은 눈에 띄게 향상되고 있다.

어느 날에는 우리 회사에 맞는 경리 체계를 새로 만들어 보았다며 종전과 다른 회계방법을 만들어 건의하더니, 며칠 전에는 그동안 사무실 집기의 감가상각 체계가 제대로 돼있지 않았다며, 10년 전 것까지 재정리해서 내민다. 한 달은 혼자 씨름했을 정도로 간단하지 않은 작업이었을 것이다. 스스로 자신의 일을 찾고 자신의 일로 만들어 가는 그는 이미 전문직 여성인 것이다.

한 조직에는 여러 종류의 일을 할 여러 종류의 사람이 필요하다. 물론 그중에는 복잡한 일도 있고 단순작업에 그치는 일도 있다. 그러나 그 일들은 모두 조직을 움직이기 위해 누군가는 꼭 해야 할, 꼭 필요한 일들이다. 무슨 일을 하든지, '그냥 월급쟁이'로 불릴 수도 있고, '전문직'으로 불릴 수도 있다. 그럼 단순 월급쟁이와 프로는 어떻게 구별되는가? 프로들에게는 몇 가지 공통점이 있다.

그들은, 자신의 일에 대한 자부심을 가지고 있다.
그들은, 일에 대해 긍정적이고 남다른 신념을 가지고 있다.
그들은, 끊임없이 공부한다.
그들은, 무슨 일을 하든 그 일을 '나의 버전(version)'으로 만든다.

 여자, 아름다운 성공을 위하여

지금 무슨 일을 하고 있든, 이 네 가지를 갖추고 있다면 그는 프로요, 전문인으로 불리는 데 손색이 없다. 이 네 가지 중에서도 가장 중요한 것은 업무에 있어서의 '나의 버전', 즉 남들과 똑같이 하는 것이 아닌 나만의 스타일을 창조해내는 것이라고 생각한다. 내가 현재 하고있는 일이 '전문직이냐, 아니냐'를 판가름하는 기준은 나만이 할 수 있는 '나의 버전을 갖고 있느냐, 아니냐'에 달려 있다고 본다. 평범한 일도 '나의 버전'으로 할 때 특별한 가치가 부여되는 것이다. '나의 버전'을 만들려면 그 일에 남다른 애정이 있지 않으면 불가능하다. 그리고 자신의 일에 대해 자부심과 애정을 가지고 있는 사람은 얼굴에다 나타난다. 그래서 프로는 누구든 금방 알아볼 수 있으며, 다른 이들이 함부로 대할 수 없는 무언가가 있다. 전문직으로 가는 가장 빠른 길, 그것은 바로 '지금 하고 있는 일에 프로가 되는 것'이다.

당당한 여성이 아름답다

"난 이상을 받을 자격이 있어요."

의외로 많은 직장 여성들이 잘난 사람들 속에서 스스로 모자란다고 느끼며 갈등한다.

"주변을 보면 똑똑한 사람 천지인데, 나는 바보예요."

자신의 능력에 대해 과대망상증에 걸린 사람들도 문제이지만, 스스로 너무 위축되어 사는 것도 바람직하지 않다. 한 후배가 언젠가 물었다.

"선배님도 좌절을 경험하신 적 있으세요?"

나는 대답했다.

"그럼, 셀 수 없이……."

아마 남들은 내가 자신감에 차 있고 두려운 것도 없이 모든 걸 내 뜻대로 잘 해나간다고 생각하는 모양이다. 그러나 사실 나는 어제도, 오늘도, 하루에도 몇 번씩 좌절감을 느끼며, '나는 왜 이렇게 모자라는 것이 많을까.' 하고 산다. 아마 많은 '잘난 사람들'도 그럴 것이다. 그런데 나는 자신감 없고 무기력을 느낄 때마다 늘 이렇게 결론을 내리곤 한다.

'문제는 내 안에서 해결해야 한다.'

아카데미 시상식이었다.

수상자가 호명될 때마다 화려한 의상의 남녀 배우들은 무대에 올라 오스카상을 받아들고 한결같은 수상소감을 말하곤 했다.

"…… 누구, 누구, 누구에게 감사드립니다."

그 누구의 이름은 끝도 없이 이어지곤 했다. 어떤 수상자는 아예 준비한 쪽지를 읽을 정도였다. 아마도 불러야 할 사람의 이름이 하나라도 빠져서는 안 되는 이유라도 있는 모양이다. 드디어 행사의 하이라이트, 여우주연상의 후보자가 발표되고 예쁘지는 않지만 누구나 인정하는 연기파 여배우가 수상자로 호명되었다. 무대에 올라 오스카상을 받아든 그녀는 지금까지

의 수상자와는 다른, 단 두 마디의
짧고 인상적인 수상소감을 밝혔다.

"난 이 상을 받을 자격이 있어
요. 감사합니다."

얼마나 멋있는 수상소감인가.
자신을 선정해준 심사위원들에게
도 이보다 더 큰 답례는 없을 것이
다. 내가 지금까지 들어본 수상소감 중 최고였다. 나는 그 말을
듣는 순간 찌르르 전기가 오는 듯 했다. 그리고 나도 언젠가는
저런 말을 하면서, 저렇게 당당한 모습으로 상을 받고싶다는
생각을 했다.

어설픈 인간이 잘났다고 설치는 것은 꼴불견이지만, 누구나
인정하는 최고가 "나는 최고야."라고 말하는 것은 정말 멋있
다. 그러나 스스로 "내가 최고야."라고 말할 수 있는 사람이 몇
이나 되랴.

자신의 부족함을 안다면 그것을 메우려는 노력을 끊임없이
해야 한다. 지금 하는 일에서 내가 무엇이 부족한지를 알아내
어 그 부분에 대해 학원을 다닌다든지, 책을 읽는다든지, 선배

에게 물어본다든지 하는 노력은 반드시 해야 한다.

여성신문에 '당신의 경쟁력 자신 있습니까?' 라는 글을 모아서 책으로 묶어낸 후 누군가 내게 이렇게 물었다.
　"그래, 그런 당신은 경쟁력에 자신 있냐?"
　"물론 내 능력은 100점 만점에 70점 정도밖에 안 된다. 그러나 나는 내게 모자라는 것이 무엇인지를 정확하게 알고 있고, 지금도 그것을 채우려는 노력을 끊임없이 하고 있다. 그러한 노력은 30점 이상의 가치를 갖고 있다고 믿는다. 그래서 난 내 경쟁력에 자신 있다."

우리 보통사람들은 늘 내가 부족한 것이 무엇인지, 점검해보는 노력이 필요하다. 직장생활에서 자신의 능력을 정확하게 판단하는 것은 매우 중요하다. 그러나 객관적이고 냉정하게 자기평가를 내리기란 쉽지 않다. 많은 사람들은 정도의 차이일 뿐 자신에 대해 과대평가를 하고 있기 때문이다.
　어떤 사람이 직장에서 인정받기 위해서는 세 가지의 조건이 만족되어야 한다.
　첫째, 일에 대한 욕심이다.

유능한 사람으로 평가되는 사람들을 보면 대개 일에 욕심이 많다. 일에 대한 욕심이 없으면 밀고 나가는 추진력도 없다.

둘째, 끊임없는 자기계발이다.

욕심은 크지만 노력하지 않는 사람이 있는데, 이런 경우 스스로는 유능하다고 착각하고 있는 경우가 많아서 늘 불평불만이 가득하기 마련이다.

셋째, 일에 대한 적성과 소질이다.

선천적으로 타고나야 하는 부분이기도 하지만, 이것 역시 매우 중요하다. 예를 들어 디자인 파트에 있는 사람은 선천적인 감각이 있어야 하고 글을 쓰는 일을 하고 있다면 타고난 글재주가 있어야 한다. 만약 아무리 노력을 해도 타고난 재주가 없다면 어느 수준까지는 갈 수 있을지 몰라도, 절대로 뛰어날 수 없는 부분이 있다. 그래서 자기소질에 맞는 일을 찾아내야 하는 것이다.

이 세 가지의 비율이 적절히 섞여 100점이 될 때, 그 사람의 능력은 활짝 핀다. 소질이 전혀 없는 일에 애만 쓰고 힘만 들이다가 끝내 좌절하고 마는 사람, 노력도 안 하고 소질도 없으면서 욕심만 100을 가지고 불만에 가득 차 있는 사람, 소질은 있는데 노력을 안 하는 사람들이 우리 주위에는 너무나 많다.

과거에는 특히 여성의 경우, '아무거나 시켜만 주면 열심히 하겠다.'며 직장생활을 시작하는 경우가 많았다. 적성이나 전공이나 소질 따위를 따질 여유가 없었던 것이다. 지금은 사회적 진출이 늘어나면서 그러한 상황들도 많이 바뀌어가곤 있지만, 우리 여성들이 좀더 자신감을 갖고 자신이 하고자 하는 일을 선택해서 계발하고 도전하면서 뚫고 나가는 노력을 했으면 한다.

취직 부탁은 많은데 막상 어느 회사에서 적당한 사람을 추천해달라고 하면 추천할만한 사람이 없어서 고민하게 될 때가 있다. 여성이든, 남성이든 구직을 희망하는 사람이라면 누구든, 사회적 니즈(needs)를 파악해서 그쪽으로의 관심을 확대할 필요가 있다. 여성들만 옹기종기 모일 것이 아니라, 더 넓고 깊게 관심분야를 확대해 보자. 남성들만이 판치고 있는 그 대양은 얼마나 넓은가. 그 속으로 뚫고 들어갈 채비를 단단히 하자. 그래야 여성들에게 주어지는 사회적 기회도 많아지는 것이다.

그래서 어느 분야에서건 '난 최고야', '난 자격 있어.' 하며 당당하게 말할 수 있는, 자타가 인정하는 진짜 최고의 여성들이 좍 깔렸으면 좋겠다.

자신의 부족함을 한탄과 원망의 그릇에 담아둔다면 그건 '패배자의 지름길' 이 되지만 도약의 발판으로 사용한다면 그건 '아름다운 부족함' 이다.

'나는 바보예요.' 라고 말할 수 있는 사람은 이미 바보가 아니다. 그에겐 이미 해결방법이 있으니까.

나의 가치는 내가 만든다

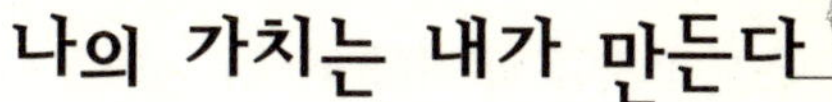

한 직장에 정착하지 못하고 여기저기 떠돌아다니며 신세를 한탄하는 사람이 많다. 물론 직장을 옮기는 일은 누구에게나 쉽지 않다. 나도 직장을 많이 옮겨다닌 사람 중 하나인데, 내가 이직을 결정하는 것은 대충 두 가지 때문이었다.

하나는 지금 하고 있는 일에 회의가 들기 시작할 때, 즉 몸과 마음을 다 바쳐 하고 있는 이 일이 과연 그럴만한 가치가 있는 일인가에 대한 회의가 생길 때이고, 또 하나는 내가 이 직장에서 대접받지 못하고 있다고 생각될 때이다.

이럴 때 나는 내 자신에게 질문을 해본다. 제일 단순한 질문은 '너 지금 이 직장 떠나고 싶어?' 이다. '이 직장, 떠나고 싶다.' 는 생각이 들면 그냥 사표 쓰고 떠나는 거다. 다음 날부터 굶게 되더라도.

그러나 이렇게 쉽게 답이 나오지 않을 때도 있다.

그럴 때는 이런 계산을 해본다. 직장에서 우리가 얻고자 하는 것은 두 가지, 즉 '성취감' 과 '경제적 보상(돈)' 인데, 이중 한 가지라도 만족할 수준인가 하는 거다.

두 가지를 다 주는 직장이라면 그건 행운이다. 그러나 적어도 둘 중 하나는 보상받을 수 있어야 한다. 둘 중 하나만 보상받을 수 있다면 그 직장은 몸담을 가치가 충분히 있다. 둘 중 어느 것이 더 가치 있다고 말할 성질의 것은 아니고 개인의 형편에 따라 선택을 해야 한다고 생각한다.

지금 내게 진정 필요한 것이 무엇인지를 따져서 결정하는 것이다. 돈이 필요하다면 성취감이 덜해도 참아야 하는 것이 당연하다. 그런데 성취감이냐, 돈이냐의 결정도 쉽지 않을 때는 '해야 할 일이냐, 하고 싶은 일이냐.' 를 놓고 생각한다. 즉 의무감과 만족감 중에 하나를 선택하라는 것.

이거냐, 저거냐의 결정은 본인이 판단해서 결정하는 것이 최선이다. 이 직장을 관두면 앞으로 어떡하나 하지만, 여기에 연연하다 보면 월급쟁이 신세가 너무 비참해진다.

인생이 즐겁지 않다면 무슨 의미가 있겠는가? 이왕이면 재미 있고 즐거운 일들을 만들면서 살아가는 것이 건강에도 좋다. 일 때문에 의욕도 잃고 우울함 속에 빠져 있는 것은 하나도 이 로울 것이 없다. 일하는 것을 좋아하는 사람이라면 나름대로 생활의 보람이나 의미도 스스로 만들어낼 수 있으리란 생각이 든다.

내가 존경하는 선배 중 스스로 사는 재미를 찾아가는 사람이 있다. 그의 이런 태도는 주위로 전파되어 많은 사람들이 그의 방법을 따르고 있다.

그는 명문대학을 졸업한 똑똑한 재원이었다. 그러나 결혼한 뒤, 시댁에서 직업을 갖지 못하게 하는 바람에, 집안에 들어앉 아야만 했다. 그러나 부지런하고 기운이 뻗치는 그의 '끼'는 묻어둘 수가 없었다.

그는 집안에서도 할 일을 찾았다.

언제부터인가, 우리 사회의 환경오염 문제가 심각하게 대두 되기 시작했다. 환경오염 문제는 그의 전공과도 맞아 떨어졌

다. 그때부터 그는 관심을 환경오염에 맞추고 신문에 관련기
사만 나오면 스크랩을 하고, 공부를 하기 시작했다. 신문기사
를 읽다가 궁금한 것이 생기면 관련도서를 사서 보기도 했다.
그렇게 10년을 하니 여느 대학교수 못지 않은 환경박사가 된
것이다.

지금은 구청에 가서 강연도 하고 신문에 기고도 하고, 동네
아줌마들 모아 놓고 환경공부도 시키고, 아파트 울타리 밖 손
바닥만한 밭뙈기를 갈아서 유기농 상추와 아욱도 기르고, 그
는 재밌게 살고 있다.

자신의 삶을 가꾸고 만들어 가는 방법은 여러 가지가 있다.

직장 일이 뜻대로 안 된다고 '내 인생 한심하다.' 고 포기하
지는 말자. 나도 앞뒤 막막한 처지에 오랫동안 머문 적이 있다.
그러나 그때마다 여기가 끝이라고 생각해 본 적은 한 번도 없
었다. 나락으로 떨어지고 있는 것을 느낄 때에는 '나를 지켜주
는 수호천사가 있으니까, 반드시 잘 될거야.' 하는 믿음으로 버
텼고, 가장 처참한 시기에는 '이것이 바닥이니, 이제부터는 올
라가겠지.' 하는 생각을 하며 웃었다.

어느 곳에 있든 나의 가치는 스스로 만들어나가는 것이다.

준비가 안 된 사람에게는 기회가 보이지 않는다

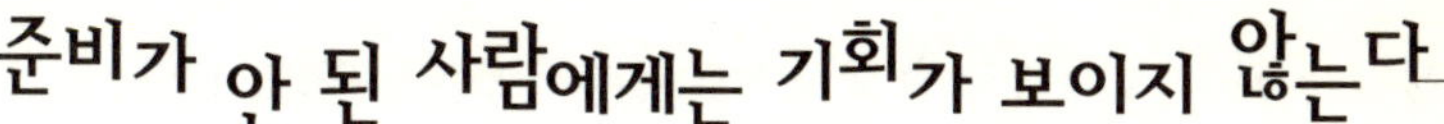

"항상 준비하라. 그리고 기회가 왔을때 놓치지 말라"

30년 전 나는 여느 사무실에나 있는 평범한 여직원이었다. 당시 그 회사에는 각 부서마다 여직원이 한 사람씩 배치돼 있었는데, 여직원의 일이란 결재서류를 들고 임원실로 왔다갔다하는 일, 복사하고 신문스크랩하고, 정리정돈하는 일이 전부였다. 여성의 직장생활이란 것이 지금과는 많이 달랐다. 우선 그 시절 대부분의 남성 관리자에게는 여성이 일을 할 수 있으리라는 마인드 자체가 없었던 것.

그러던 어느 날, 우리 팀에 급하게 보고서를 작성해야 할 일이 생겼다. 과장도, 차장도 출장 중이었고 부서에는 임원과 나, 단 둘만 남아 있었다. 임원이 다급한 나머지 "미스 박이 한번 써볼래?" 한다. 그의 말투로 보아, 별 기대도 하지 않는다는 걸 알 수 있었지만, 당시의 나는 '준비된 사원' 이었다. 난 하루만에 보고서를 제출했고 보고서를 검토한 임원은 이렇게 말했다.

"여자도 일을 할 수 있다는 걸 처음 알았어."

그후 나는 그 보수적인 집단에서 남성의 보조 업무가 아닌, 내 일을 갖게 되었고 그것은 내게도 큰 변화를 가져왔다.

내가 한 '준비' 란 별 것 아니었다. 시키는 일만 기계적으로 하지 않았던 것뿐이다. 주어진 일이면 무엇이든 최선을 다하고 더 잘 해낼 수 있는 방법에 골몰했다. 스크랩된 신문기사를 빠짐없이 읽어 둔다거나 우리 부서에서 어떤 업무가 진행되고 있다면 그 일이 왜 발생했고 그 결과는 어떻게 처리되는지를 파악하려고 노력한 것이다. 이러한 행동에 무슨 목적이 있었던 것은 아니다. 단지 나의 타고난 호기심 때문이다. 나는 언제나 질문을 가지고 있었고 그걸 되도록 알아보려고 했다. 이렇게 일년이 지나니 자연스럽게 조직 전체의 모습이 눈에 들어왔고 그렇기에 어떤 과제가 떨어지더라도 난 두렵지 않았다. 내가 후배들에게 늘 강조하는 말이 있다.

"항상 준비해라. 그리고 기회가 왔을 때 놓치지 말라."

일생을 살면서 우리는 여러 번의 기회를 만난다. 많은 사람들은 '기회를 주지 않는다.'고 불평하지만, 사실 기회는 적잖이 찾아온다.

너무 높고 먼 곳만 바라보기 때문에 막상 내 앞의 기회는 못 보고 지나치게 되거나, 때로는 준비가 돼있지 않아서 그냥 흘려 보내기 때문에 기회를 주지 않는다고 생각하는 것이다. 특히 사회초년생들은 "내게 중요한 일을 시키지 않는다."고 불만을 터뜨린다.

"저는 회사에서 복사만 하는데도 이 회사를 계속 다녀야될까요?"

그런데 복사라는 것이 복사기에 집어넣고 단추만 누르면 다 될 것 같지만, 다섯 명에게 복사를 시켜보면 다섯 명 모두 똑같이 복사를 해오지는 않는다.

예를 들어 거래처 주소록을 복사하라고 했다고 하자. 어떤 이는 "상무님, 그냥 보실 거면 이면지에다 해도 되겠습니까?", "어디에 쓰실 건가요? 글씨가 좀 작은데 확대 복사해드릴까요?", "이분은 최근에 전화번호가 바뀌었는데, 제가 수정해서 복사해드리겠습니다."

이런가 하면 또 어떤 이는 복사내용이 무엇인지, 어디에 쓸 것인지 도대체 관심도 없고 그냥 가져갔다가 가져오기도 한다. 더 심한 경우는 복사조차 제대로 못하는 사람, 순서도 엉망인 채 뒤죽박죽 복사해서 가져오는 사람, 한 장은 어디다 흘리고는 뭐가 잘못된지도 모르는 사람도 있다. 만약 복사하는 사람이 그 복사내용을 한 번이라도 읽어봤다면, 그는 누구보다도 많은 정보를 갖고 있는 사람일지도 모른다. 그런 사람에게 기회는 반드시 온다.

'준비'는 주변 사물에 늘 관심을 가져야만 할 수 있다. 그리고 중요한 것은 준비를 위해서 반드시 '투자'가 필요하다는 것. 흔히 공부의 마지막을 취업에 모두 걸고 직장을 얻자마자 공부에서 손을 뗀다.

그러나 재투자하지 않는 기업은 망한다. 기업에서의 재투자는 미래를 위한 것이다. 월급쟁이도 미래를 생각한다면 재투자는 필수이다. 월급의 일정부분, 시간의 일정부분을 반드시 떼서, 작정하고 일이든 건강이든 재투자하지 않으면 제2의 기회는 그저 스쳐지나가고 만다.

송진아 씨의 대학교 때 영어 성적은 'D' 하고도 마이너스였다.

중·고교 때 역시 영어와는 거리가 멀었다. 영어가 싫었고 하려고 하지도 않았다. 그러던 그가 1988년 서울올림픽으로 나라 전체가 들떠있을 때, 신년 계획으로 '금년에는 영어를 한번 공부해보자' 하는 생각을 했다. 업무에서 영어가 꼭 필요했던 것도 아니고 당시 세계화가 열풍처럼 몰아친 것도 아니었다. '그냥' 한번 도전해 보자는 것이었다.

우선 그는 영어를 기가 막히게 잘하는 선배에게 도움을 요청했다. 선배는 영어를 잘 배우기 위한 몇 가지의 조언을 해주었다.

'첫째, 선생을 잘 골라야 한다. 둘째, 생활의 분위기가 영어에 둘러싸여 있어야 한다. 셋째, 영어로 된 책을 많이 읽어야 한다.'

그날로 그는 실천에 들어갔다. 우선 선배가 추천해 준 광화문의 한 영어학원에 월급의 1/5에 해당하는 거금을 주고 등록했다.

'투자를 안 하고 얻을 수 있나. 까짓 거 일년 동안 덜 쓰면 되지. 그런데 한국에서 어떻게 영어에 둘러싸여 산다?'

두 번째 과제를 위해서 그는 그날부터 텔레비전과 라디오는 영어채널에 고정시켰다. 한국에 살면서 영어 분위기에 젖을 수 있는 방법은 그것뿐이었으니까.

1월 4일부터 학원에서의 영어 공부가 시작되었다. 3인칭 단수동사에 's'를 붙이는 것부터.

가끔 수강생들이 도저히 이해할 수 없다는 듯 물었다.

"우리는 회사에서 시키니까 어쩔 수 없이 나오는 거지만, 송진아 씨는 먹고사는 데에 꼭 필요한 것도 아닌데 왜 그렇게 열심히 나오는 거예요?"

토요일, 일요일만 빼고 일주일에 5일. 그렇게 일년이 지나고, 그해 마지막 수업시간, 영국인 선생은 깜짝 놀랐다.

"아니, 일년 동안 한 번도 결석을 안 했다니……. 이게 있을 수 있는 일이에요?"

일년 후 그는 고급반에 들어갔다. 그리고 몇 년이 지났다. 오랜만에 만나는 사람들은 으레 "아직도 학원에 다니냐?"고 묻는다. 그러나 영어는 쉽게 늘지 않는다. 영어에 목숨을 건 것은 아니지만, 그에게 영어학원 수강은 생활의 일부분처럼, 일상생활이 돼버렸다. 학원 아니고는 영어를 할 시간도, 장소도 없었지만 그래도 재밌었다. 모국어가 아닌 남의 나라 말을 한다는 것이 정말로 재밌었다. 그런데 얼마 후 생각지도 않던 기회가 왔던 것.

바로 송진아 씨의 회사가 세계시장에 눈을 돌리기 시작한 그 무렵, 바이어가 내한하게 되었고, 회사는 그에게 공항에서부터의 가이드 임무를 맡긴 것이다. 그는 흥분하지 않을 수 없었다. 학원 영어선생 말고는 영국인과 직접 영어로 대화하는 것이 사실상 처음이었기에.

'바이어가 내 말을 알아들을까?'

그는 그것이 제일 궁금했다.

드디어 사진의 그 인물이 나타났다. 우선 반갑다는 말을 하고 그는 "호텔에서 저희 회장님이 기다리고 계십니다. 제가 호텔로 모시겠습니다. 그리고…… 제 영어가 서툴러서 부끄럽습니다."

그러자 그 영국신사는 이렇게 말하는 것이다.

"당신이 영어로 말하는 것만큼 내가 한국어를 잘 할 수 있다면, 내 자신이 정말 자랑스러울 것 같소."

수염이 덥수룩한 그 영국신사의 따뜻한 말을 그는 지금도 잊지 못한다고 한다. 그 말 한 마디는 그동안 노력한 대가를 한 순간에 보상한 것만큼 값진 것이었다고. 물론 하려는 말을 다 말할 수 없고 그의 말을 전부 알아들을 수는 없었지만, 의사소통에 큰 불편이 없었다는 점이 마냥 신기했다.

그리고 몇년 후, 그는 국제담당 팀장으로 발령을 받았다. 그리고 지금도 여전히 그는 새벽마다 영어학원에 간다. 영어는 그의 취미생활이다. 그리고 생각한다.

'만약 그때 영어를 시작하지 않았다면?'

남들은 앞서 가는데 나만 자꾸 뒤쳐진다고 생각하는 대부분의 사람들이 스스로 이렇게 위로한다.

'나는 운이 따라주지 않아. 남들은 기회도 잘 잡는데, 나한테는 기회가 도대체 언제 오는 거야.'

아니다. 몇 번의 기회가 벌써 스쳐지나갔는지도 모른다. 준비가 돼있지 않은 사람에게는 기회도 보이지 않는다.

어디에나 미운 인간은 꼭 있다

'이 세상에 사랑할 이유가 없는 인간은 없다.'

회사에 미워하는 사람이 생기면, 직장에서 마주보고 있을 때 괴로운 것은 물론이고, 자려고 누웠는데 갑자기 그 인간이 떠오르면 낮에 있었던 일 하나하나 되새김질하게 되면서부터 불면의 고통이 시작된다.

'어떻게 복수를 할까, 어떻게 묵사발을 만들어 버릴까.'

생각은 생각에 꼬리를 물고, 어떤 때는 밥맛도 없어진다.

내게도 정말 미운 사람이 있었다. 그런데 어느 날 문득 이런 생각이 들었다.

'괴로운 건 미움을 당하는 쪽이 아니라 미워하는 쪽이다.'

내 미움이 커지면 커질수록 더욱 더 괴로운 건 나일 뿐, 상대
방이 아니라는 것을 깨달았다. 그런 생각을 하니까 억울해진
다. 내가 괴로움에서 해방되려면 미움을 없애는 방법밖에 없
다는 결론을 내렸다.

미움을 없애는 데에는 두 가지 방법이 있다.

완전히 무시하는 방법과 친해지는 방법. 그런데 경험으로
보아 완전히 무시하는 것보다는 친해지는 방법이 더 쉽다.

"선배님, 나 선배를 미워하느라고 너무 힘들었어. 그런데 깨
달았어요. 미워하는 나만 손해라는 걸. 앞으로는 선배님을 존
경할 거예요. 그러니까 좀 도와주세요."

만나서 서로 얼굴 마주보며 이야기하면 좋겠지만, 그게 힘
들면 편지도 괜찮다.

나는 며칠을 고민하다가 '그래, 정면돌파다.' 라고 다짐하고
직접 만나서 얘기하기로 했다. 그런데 상대방도 나와 비슷한
생각을 하고 있었다. 내가 화해의 과정에서 깨달은 중요한 것
은 이 갈등의 원인에는 상당부분 내게도 책임이 있다는 것이
다. 그날, 우리는 "그래, 앞으로 내가 이런 것은 고칠게."라고

서로 약속하고 미움을 씻었다. 그런데 그렇게 화해했다고 해서 드라마에서처럼 모든 문제가 끝날까? 그건 아니다. 갈등의 찌꺼기는 남기 마련이다. 그러나 그 찌꺼기를 현명하게 다스리며 이겨내는 것이 또 인생을 다듬어가는 과정이다.

직장생활을 하다보면 여러 종류의 사람들을 경험하게 된다. 상상을 초월하는 정말 이해 안 되는 사람도 있고, 잔인하고 야비하고 부정직하고 약삭빠른 인간들이 오히려 가면을 쓰고 인정받는 것을 보면 분노가 치밀 때도 있다. 그러나 그런 사람들도 하나같이 약점을 갖고 있고, 그것을 가리려고 일부러 과장하는 경우가 많다. 그런 그들의 뒷모습을 보면 측은한 생각마저 든다.

어쨌든 직장에서 분노로 큰 소리도 쳐보고 맞부딪쳐 언성을 높이며 싸우고 다투기도 해보았지만, 그렇게 싸움으로 얻어지는 것은 진정한 승리감은 아니었다. 이겨도 개운치 않은 감정이 있다. 그래서 깨달았다.

'결국 싸움으로 얻어지는 것은 내게 어떤 기쁨도 주지 않는다. 사랑으로 얻어지는 것만이 진정한 만족감을 준다.'

그것을 깨달은 뒤로 나는 큰 소리로 다투는 것은 가능한 한

피한다. 시간이 걸리더라도, 서로 이해하고 애정을 가진 상태에서 문제를 풀 수 있도록 최선을 다해 본다.

천덕꾸러기 직원이 하나 있었다. 같이 입사한 동료들은 과장, 부장 막 올라가는데 그는 나이 40이 넘도록 장 자리 하나 달지 못했다.

"내참, 답답해서……. 그거 하나 처리하지 못하면 어떡하나?"

상관에게 허구한 날 이런 핀잔을 들으면서도 그는 늘 허허허 웃고만 있었다. 자존심도 없어 보이는 그의 처신이 비굴해 보이기까지 했다. 그를 우습게 생각하는 것은 높은 양반들만이 아니다. 입사한 지 얼마 안 되는 신입 사원들도 날이면 날마다 핀잔만 듣는 그를 우습게 보기 시작했고, 얼마 되지 않아서 노골적으로 한심하다는 듯이 대하는 직원도 생겼다. 물론 나도 예외는 아니었다. 그가 말할 때는 아예 귀도 기울이지 않았고 관심조차 두지 않았다.

그러던 어느 날, 나는 그에 대한 내 선입견이 얼마나 건방진 것이었나, 한 인간에 대한 평가는 그렇게 솜털같이 가볍게 할 것만은 아니라는 사실을 깨닫게 되었다.

그는 내가 살던 곳에서 얼마 떨어지지 않은 곳의 아파트에

살고 있었다. 어느 날 저녁, 나는 아파트 근처 쇼핑센터를 어슬
렁거리고 있었다. 그런데 저쪽에서 쇼핑을 하고 있는 한 가족
이 눈에 들어왔다. 열살쯤 돼 보이는 딸은 엄마의 손을, 그보다
조금 더 어린 듯한 또 하나의 예쁜 여자아이는 아빠 손을, 그리
고 아내는 남편의 팔짱을 가볍게 끼고 있다. 계속 무어라 아빠
에게 종알거리고 있는 어린 두 딸의 모습은 너무나 귀여웠다.
아내는 우아하고 지적으로 보였으며 남편은 품위있게 가족을
리드하고 있다. 매우 단란해 보이는 가족이었다. 바로 직장에
서의 천덕꾸러기 박한성 씨와 그의 가족이었던 것. 나는 그들
의 모습을 숨어서 한참이나 지켜보았다. 그리고 눈물이 핑 돌

앞다. 그 모습을 보고 누가 감히 이리 치이고, 저리 치이는 회사에서의 박한성 씨라고 상상이나 하랴. 그의 가족에게 그는 당당하고 근사한 아빠요, 남편이었던 것이다.

이튿날부터 나는 그를 다른 시각으로 보기 시작했다. 비굴하게만 보이던 그의 태도는 어떤 경지에 이른 초연함으로 보였고, 늘 쭈뼛쭈뼛 망설이면서 조심스럽게 던지는 그의 제안은 사실 진지하고도 생각해볼 만한 것들이 상당했다.

사람에게는 누구나 미처 보여주지 못한 숨겨진 모습이 반드시 있게 마련이다. 보여지는 것만이 그 사람의 전체는 아니다. 때로 전혀 예기치 않은 때에 숨겨진 다른 모습을 보게 되면, 그 사람에게 애정을 갖게 된다.

그후 나는 어느 직장에 가든 동료들의 보이지 않는 뒷모습을 상상하고 훔쳐보게 되었다. 그러면서 내가 얻은 결론은 '이 세상에 사랑할 이유가 하나도 없는 인간은 없다.' 는 것이다. 하는 짓들을 유심히 보면 웃기는 친구, 엉뚱한 친구, 섬세한 친구 등 그들에게 사랑할 요소들은 많다.

"언니, 고 과장 정말 밥맛없어. 아까 언니가 은행에서 전화했을 때, 내가 전화받고 있는데 옆에 와서 전화 좀 짧게 하라고 난리치는 거야. 웬 잔소리가 그렇게 심해?"

고 과장에 이어 이번엔 다른 팀의 강 부장이다.

"강 부장님, 거래처 나갔어?"

"응"

"어휴, 강 부장님 꼴보기 싫어 죽겠어. 그런 남자하고 살라고 하면 난 자살할 거야. 본사에 보내는 보고서, 벌써 몇 번 수정했는지 알아? 옆에서 몇 cm, 위에서 몇 cm, 아래는 몇 cm, 아래위 양옆 공간을 자로 재서 1mm라도 틀리면 다시 해야 돼. 언니도 그렇게 했어?"

화장실에서 상관의 흉을 보며 스트레스를 푸는 것도 재밌는 일이다. 그러나 자꾸 그러다 보면 사무실 전체 사람들을 미워하며 하루를 보내게 된다. 고 과장도, 강 부장도 여유를 갖고 다가가면 좋아할 구석이 왜 없겠는가.

'사랑할 요소를 찾아라. 그러면 사랑하게 된다.'

동료들에게 애정을 갖게 되면 직장생활은 훨씬 재미있어 진다. 만약 나는 상대방에 대한 미움을 없앴는데, 그 사람은 여전히 나를 미워하고 있다면? 그럴 땐 이런 생각을 하면 된다.

‘괴로운 건 미움을 받는 쪽이 아니라 미워하는 쪽이지. 그러
니 계속 괴로워하셔.’

내가 이 직장을 계속 다녀야 하는 이유

돈 때문에 회사 다니는 사람 많다.

그게 어때서?

예전에는 우리 회사빌딩 옆에 테니스장이 있었다.

어느 날 회원모집을 위해 새까맣게 그을린 테니스 코치 한 사람이 우리 회사에 나타났다. 마침 테니스를 배워볼까 생각하던 터라 신청을 하게 되었고, 그 코치에 대해 좀더 알게 되었는데, 알고 보니 아주 특이하게 사는 사람이었다.

그는 일찍 부모를 여의고 여동생 하나와 같이 컸다.

고등학교를 졸업하고 사회에 나왔으나 취업은 하늘에 별 따기. 다행히 중·고교 때 테니스 선수로 활약한 덕분으로 테니스장에 취직할 수 있었다. 그러나 작은 테니스장의 코치란 것이 고달픈 직업이었다. 월급도 많지 않고 수입을 늘리려면 직접 홍보하러 다녀야 하고.

그런데 놀라운 것은 그 친구가 한 달에 두번, 양수리로 요트를 타러 간다는 사실이다. 지금도 요트는 돈 많은 사람들이나 즐기는 것이지만 그때는 더했다. 당시 대한민국에서 요트를 타는 사람은 손으로 꼽을 정도였다. 뿐만 아니라 2년에 한 번은 캐나다 등지로 스키를 타러 간다고 한다.

우리는 처음에 그를 '미친 놈'이라고 했다.

"지 형편에 무슨 사치놀음이냐."

그런데 얼마 지나지 않아서 우린 그를 이해하게 되었다.

그는 자신이 좋아하는 것을 하기 위해 다른 모든 것은 철저히 희생했던 것이다. 한 달에 이틀을 위해 28일을 일하고, 2년 후 예정되어 있는 열흘간의 스키여행을 위해 그 많은 날들을 힘들여 일하는 것이다. 그때 내겐 이런 생각이 들었다.

'짧지만 행복한 순간을 위해 긴 나날을 돈버는 목적으로 사는 게 뭐 어때서?'

그는 통념적인 성공은 못했어도(테니스 코치가 성공이랄 것까지는 없으니까) 늘 만족해했다. 일하는 것도, 까다로운 손님들에게 시달리는 것도.

많은 직장인들이 '몇푼 안 되는 돈을 벌기 위해 이 고생을 하나.' 하는 생각에 갑자기 일에 흥미를 잃고 의욕을 잃곤 한다.

'흥미도 없는 매일 똑같은 일, 편안함과 만족감을 주는 일이 분명 있음에도 단지 경제적인 문제를 해결하기 위해 좋아하는 일은 접고, 순전히 돈벌기 위해서 힘들게 일하고 의욕을 잃고 산다. 어깨에 얹혀진 짐에서 해방되고 싶은 마음은 많지만, 형편이 받쳐주지 않으니 어쩔 수 없고. 나이는 먹고 이뤄놓은 일은 하나도 없다는 자괴감까지, 이젠 점점 무기력하기까지 하다.'

직장인들의 일상이 이렇다.

직장생활을 하면서 제일 힘든 것은 바로 현재 하고 있는 일에 대해 회의가 들기 시작하면서 점점 무기력증으로 빠져드는 것이다. 일단 '일하기 싫다.' 는 생각이 들기 시작하면 그 정도가 점점 심해져서 그 일을 지속하기란 정말 어렵게 된다.

아마 직장인이라면 누구나, 거의 99%는 현 직장에 대한 회의 또는 갈등을 경험하고 있을 것이다. 이러한 갈등은 개인생활이나 직장환경으로 인한 경우도 있고 남 보기에는 나무랄 데 없는 직장에 다니고 있는 사람에게도 물론 일어나는 일이다. 그리고 그 회의는 주기적으로 일어난다. 직장생활 초기에는 그

주기가 한 5년마다 오는 것 같다. 즉, 아무리 좋은 직장도 5년이 되면 자신의 일에 대한 권태를 느끼기 시작한다. 그런데 시간 이 갈수록 그 주기가 짧아진다. 나는 최근 거의 일년 단위로 '내가 이 일을 계속해야 하나?' 하는 심한 회의와 권태를 겪고 있다. 그럴 때마다 위기를 어떻게 넘기느냐는 매우 중요하다. 그 순간에 성공과 실패가 판가름난다고 해도 과언이 아니다.

내 경험으로, 이럴 경우 선택은 두 가지중 하나이다.

첫째, 나중에 어떻게 되든 일단 그 질곡에서 빠져 나온다.

즉, 경제적인 문제는 어떻게 해결되겠지, 운명에 맡기고 일 단 직장에 사표 쓰고 나온다. 이 경우 경제적인 고통은 따라도 마음만은 편하다.

둘째, 현재 직장에 대한 생각을 긍정적으로 바꾸는 거다.

직장에 대해 다시 마음을 다잡고 현재의 조건에서 스스로 변화를 만들어가는 것이다.

결정은 빠르면 빠를수록 좋다. 직장생활을 회의와 무기력 속에서 보내게 되면 하루하루가 고통일 뿐더러 자신만 상처를 받는 게 아니라, 그 조직에도, 주위 동료들에게도 도움을 주지 못하게 되고 자신의 위치를 나약하게 만들어 또 다른 고통만 만들게 된다.

　내 경우, 젊어서는 첫 번째 결정을, 나이가 들수록 두 번째 결정 쪽으로 가는 것 같다. 전자이든 후자이든 중요한 것은 현재의 상황을 스스로가 바꾸어 '변화를 만들어야 한다.' 는 것이다. 결정하기가 너무 힘들다면 우선 이렇게 해보자.

하나, 자유롭게 어디든 떠난다.

　하루든, 이틀이든 다 잊고 나 홀로 여행을 다녀오자. 마음의

변화를 주는 데는 역시 '나 홀로 여행'이 최고이다.

둘, 일 이외에 미치도록 좋아하는 취미생활을 하나 만드는 것이다.

지금까지 경험해보니 자신의 삶을 풍요롭게 하는 방법 중 하나가 바로 일 이외에 좋아하는 것을 하나 만드는 것이었다. 귀찮을 것만 같았던 일이 정작 내 관심사가 되면, 지금까지 보지 못했던 것들이 눈에 들어오고 활력이 생긴다.

셋, 지금부터 한 달에 10만원씩이라도 과감히 떼어 적금을 하나 들어보자.

2년 후 멀리 여행을 떠날 것에 대비해서 말이다. '그게 생각처럼 될까?'라고 의심할 필요도 없다. 반드시 되니까. 일단 2년 동안 목표가 있어서 좋고 이곳저곳 그저 떠돌아다니는 것을 해보면 중독된다. 정말 좋다.

그리고 한 가지 더.

사실 연애는 인생에 큰 활력소가 되는 것 같다. 가능하면 남자친구 하나 만들자. 누가 소개팅이라도 주선한다면 싫다고 거절하지 말고 나간다. 잘되면 함께 할 수 있는 사람이 생긴 것일 뿐, 심각해질 것도 없다.

문제는 현재 생활을 긍정적으로 바꾸어보는 것이다. 돈 때문에 회사 다니는 사람 많다. 그게 어때서?

난 지금 있어야 할 곳에 있는가

대학시절부터 이벤트 분야의 일을 꿈꾸며 오직 그 길만 바라보고 준비했던 최나리 씨.

졸업 후 드디어 이벤트 회사에 취직했는데 한 마디로 너무 힘들다. 계속되는 밤샘 작업과 출장, 아이디어로 승부해야 하는 기획 등. '일 중독자'라는 얘기까지 들으며 일년이 지났다. 그러나 건강은 점점 나빠지고 너무나 지쳐있는 자신의 모습에 괴로워하다가 결국 그는 회사를 그만두었다. 회사에서는 슬럼프일지 모르니 잠시 쉬었다가 다시 오라고 했지만 다시 뛰어들 자신이 없다.

그러다가 몇 개월 후, 그는 한 회사의 기획부에 취직했지만, 직장생활의 두려움을 감당하지 못하고 퇴사. 두 번의 실패를 거치면서 자신감 상실뿐 아니라 삶의 의욕도 잃어가고 있다.

벌써 스물 넷, 그는 지금 초조함과 우울증에 시달리고 있다.

대학을 졸업하고 처음 가진 직장에서 그는 늘 하고 싶어했던 일이었음에도 육체적으로나 정신적으로 너무 힘들고 지쳐서 포기할 수밖에 없었고, 두 번째 시도도 직장에 대한 두려움으로 좌절하고 말았다. 이제는 삶에 대한 의욕마저 상실해가고 있는 지경. 스물 넷이란 아름다운 나이에 겪지 말아야 할 일을 경험하고 있는 것이다.

최나리 씨의 경우는 그렇게 하고 싶어하던 일을 가지게 되었음에도 실패한 케이스이다. 직장생활이 왜 그렇게 힘들고 자신을 지치게 했는지 한번 깊이 생각해볼 필요가 있다.

내 경험으로 본다면 일이 재밌으면 육체적으로 아무리 힘들어도 버틸 수 있다. 그런데 최나리 씨는 그 일을 포기해야 할 정도로 지쳐 있었다. 그렇다면 분명히 문제가 있는 것. 추측하건대 꿈과 현실이 맞지 않았던 데서 오는 갈등이었던 것 같다. 막상 회사에 들어가 보니 학교 때 생각했던 것과는 많이 달랐던 것이다. 학교 다닐 때 꿈꾸는 직장생활은 드라마나 영화에서 나오는 여유있고 멋있는 그림이다. 그러나 현실은 별로 보람도 없고 그 이상의 정성과 노력을 기울여야 하고, 상관으로부터의 질책과 고객으로부터의 스트레스 등 현실에서 부딪치는 힘든 요소가 많다. 이런 것이 일반적인 직장생활이다. 특히 이벤트 회사라는 곳은 일에 미쳐서 빠져있지 않고는 육체적으로 감당하기 힘들다. 아마 최나리 씨는 그런 분위기에 적응하기 힘들었던 것이 아닌가 싶다. 두 번째 직장도 마찬가지였을 것으로 짐작한다.

여자이든, 남자이든 여느 직장인들 대부분이 자신의 적성과 맞지 않는 곳에서 억지로 맞추려고 애쓰면서 갈등을 겪는다. 그런 상황은 사람을 쉽게 지치게 만들고, 인생에 대한 의욕마저 상실하게 되는 경우가 있다.

이런 경우 취업에 대해 너무 부담감을 갖지 말고 자신에게 맞는 일을 여유있게 시간을 갖고 찾아볼 필요가 있다. 맞지 않는 직장에 억지로 맞추려 하다보면 직장에 대한 두려움이 생기고, 그 때문에 삶에 대한 흥미조차 잃게 되니까 말이다.

직장이란 삶의 일부일 뿐 전부는 아니다. 지나간 일은 깨끗이 털고 미래의 삶에 생각을 맞춰보는 일이 필요하겠다. 긍정적이고 낙관적인 생각으로 인생에 대한 흥미와 의미를 새로 만들어보는 거다. 직업도, 인생도 자신이 가꾸기 나름이니까.

지금 직장생활이 힘들다면 한번 진지하게 생각해 보라.

'지금 내가 있어야 할 곳에 있는 건가?'

참고 기다려야할 때도 있는법

내가 즐겨하는 말이 있다.

'인간의 세계가 이해되지 않을 땐 동물의 세계를 보라.'

나는 텔레비전 동물 프로그램은 빼놓지 않고 본다. 그 이유
는 동물의 세계를 보면 인간세계도 저절로 이해되고 직장생활
에서 발생하는 갈등의 해답 또한 얻을 수 있기 때문이다. 동물
의 세계에는 어느 그룹이나 다음과 같은 공통점이 있다.

첫째, 동물들은 냄새로 내 편과 상대편을 구별한다. 우리와
냄새가 다른 내방객은 자기네와 냄새가 같아질 때까지 절대로
받아들이지 않는다. 한참을 싸우고 비벼대다가 냄새에서 차이

를 못느끼면 그제서야 그룹의 일원으로 받아들이는 것이다.

둘째, 자신의 영역을 그어놓고 영역을 지키기 위해서는 목숨도 내놓는다.

셋째, 리더가 되기 위해서는 복종하고 참고 견뎌야 하는 긴 시간을 반드시 거쳐야 한다. 힘이 길러지기 전에 리더에게 도전했다가는 깊은 상처만 안고 퇴출되게 마련이다.

업무에 있어서 만큼은 신속하고 정확하고, 짚고 넘어갈 건 꼭 짚고 넘어가야 속이 시원한, 똑 소리나게 일 잘하기로 소문난, 자타가 인정하는 정인숙 씨.

드디어 스카웃 제의가 들어와 연봉 좀 올려서 이직했다. 그런데 그에게 문제가 생겼다. 이직한 지 두 달이 다 돼가는데, 아직도 이방인처럼 겉돌고 있는 것이다.

'주변에서 벌어지고 있는 일은 나와 상관없이 따로 돌고, 빨리 실력을 보여줘서 인정받고 올라가야 하는데 마음은 초조하고, 팀장은 내 존재를 아는지 모르는지, 회사는 사람을 스카웃해서 데려왔으면 일을 줘야지, 이렇게 시간만 죽이고 앉아 있게 하니, 언제나 실력을 발휘할 기회가 올지…… 다가와서 말 붙

이는 사람도 없고 소외감까지 느끼니 하루하루가 고통이다.'

바로 정인숙 씨의 고민은 의욕이 넘치는 직장인이 새로운 환
경에서 겪게 되는 흔한 문제였던 것. 일할 준비는 다 되어 있는
데 펼칠 마당이 아직 준비되지 않은 것이다. 슬슬 놀면서 시간
이나 때우며 보내자는 사람들에게는 문제가 되지 않을지 모르
지만 일에 대해 깔끔하고 정확하게 처리하는 성격의 정인숙
씨는 그런 상황이 고통이 아닐 수 없다.

인간사회 역시 동물의 세계와 크게 다르지 않다는 것을 난 경
험으로 터득했다.

　정인숙 씨는 이제 막 새 그룹에 합류하였다. 그 그룹의 동료
들은 정인숙 씨가 그들과 다르다고 느끼고 있다. 그리고 본능
적으로 자신의 위치와 영역이 줄어들지 않을까, 변하는 것은
아닐까, 경계를 하는 것이다. 그리고 리더는 신출내기를 길들
이기 위해 힘 겨루기를 하고 있는 중이다. 그러니까 정인숙 씨
가 자신의 영역을 확보하기까지는 시간이 좀 필요하다는 얘기
이다.

　이럴 때는 초조함보다는 마음에 여유를 가지고 밖으로는 유

하게 보이면서도 안으로는 강해지는 것이 필요하다. 이것이 세상을 살아가는 지혜이다.

'실력이나 재주는 감춘다고 감춰지는 게 아니다. 언젠가는 반드시 겉으로 드러나게 되어 있다.' 이것이 내 지론이자 믿음이다.

사회초년생을 위한 제언

어릴 적 학교 다닐 때는 이런 생각을 하며 졸업을 기다렸다.

'사회에 나가면 접힌 날개 활짝 펴서 내 세상을 만들어 보리라.'

그러나 막상 시작해 보면 생각과 전혀 다른 현실에 부딪치기 마련이다. 일은 힘들고 이 눈치 저 눈치, 나하고는 전혀 다른 종류의 인간처럼 보이는 상관까지.

특히 후배 가르친답시고 상대방에게 상처주는 말은 예사이고, 전화하는 것까지 시시콜콜 잔소리하는 이런 선배 밑에서 생활하기란 정말 쉽지 않다. 그러나,

"너, 나 내쫓을 수 있어? 없지? 그렇다면 니가 내게 맞춰!"

이게 현실이다. 없을 때 실컷 욕하면서 스트레스를 푸는 한이 있어도 피할 수 없는 선배라면 적응해나갈 수밖에 없다. 분명한 건 '내 마음에 딱 맞는 상관은 절대로 없다.'는 것. 내가 불편하다면 그 사람도 틀림없이 나 때문에 불편할 거다.

사회 초년생들에게 몇 가지를 제언하자면,

우선 원만한 인간관계가 중요하다.

직장에서의 문제는 대부분 사람과 사람 사이의 갈등으로 시작해서 갈등으로 끝난다고 해도 과언이 아닐 정도로 인간관계는 중요하다. 그러므로 그런 갈등관계를 현명하게 잘 해결해나가는 것도 직장생활에 있어서의 업무수행능력 만큼이나 중요한 것이라는 사실을 기억하자.

둘째, 특별히 나를 귀여워하는 선배가 반드시 좋은 선배는 아니라는 것이다.

'그냥 봐주는 선배'와 '까다로운 선배', 어느 쪽이 좋은 선배일까? 나중에 그 답을 알게 되겠지만, 때로 부하 여직원에 대해 특히 관대한 상관들이 있다. 웬만한 실수는 그냥 넘겨주고,

힘든 일이나 책임질 일은 되도록 안 시키고, 그저 잘 한다고 칭찬만 하는 선배 말이다. 그러나 그렇게 세월만 보내다 보면 어느 순간, 여전히 그 자리에 머물고 있는 나를 발견하게 된다.

여직원이 입사하면 그에게 제일 먼저 하는 말이 있다.

"귀여움받는 여직원에 안주하지 말라."

'그냥 봐 준다.' 라는 것은 '기대하는 것도 없다.' 는 말과 다름없으니까.

셋째, 우선은 선배를 따르는 게 좋다.

직장은 새로운 세계이다. 직장생활을 시작한 지 일 년도 안 되었다면 아직 배우는 단계이므로 그냥 선배를 따르는 것이 좋다. 단, 선배가 하는 짓이 부당하거나 불의에 해당 된다면 모르지만, 업무에 대한 관점의 차이나 인생 관의 차이에서 발생하는 문제라면 그냥 선배를 따 르는 것이 당연하다.

또한 선배에게 후배가 예쁘게 보일 때는 어린아이같이 자꾸 물어볼 때이다. 아직 모 르는 것이 많으니까 하나라도 더 배우고자 노력하는 모습을 보여주는 것이 좋다.

넷째, '전화하는 태도' 는 능력평가에

매우 중요한 요소임을 잊지 말자.

신입사원이 들어올 때마다 늘 느끼는 것이지만, 전화 제대로 걸고 받게 하는 데에 상당한 시간이 걸린다. 그 사람이 전화하는 것을 보면 '아, 이 친구가 대성하겠구나.' 아니면 '힘 꽤나 들겠구나.' 하는 것을 가늠할 수 있다.

전화는 얼굴을 보지 않고 하는 커뮤니케이션이기 때문에 정확하게 뜻을 전달할 수 있어야 한다. 특히 거래처와의 전화에서 요점을 분명하게 전달하는 것은 바로 상대방에게 '나'와 '우리 회사'의 '능력'을 평가하게 하는 중요한 요소가 되므로 자신을 위해서라도 훈련은 반드시 필요하다.

다섯째, 선배나 동료와 가식 없는 솔직한 관계유지가 필요하다.

정을 붙이는 데는 과장하여 마음에 없는 행동을 억지로 하는 것보다는 가식 없는, 있는 그대로의 모습을 보여주는 것이 더 효과적이다. 최선의 처세술은 '솔직함'이라 하지 않던가.

끝으로 한 가지 더.

만약 선배가 정말로 못됐고 부당하다면 언젠가는 그를 앞질러 복수하면 될 것이고, 만약 그 선배가 하는 짓이 꼴보기는 싫어도 잘못된 행동을 하는 것이 아니라면 마음을 열고 먼저 "선배님, 저는 한 수 배울 준비가 되어 있습니다.”하는 태도를 보이는 것이 지혜로운 처신이다. 배울 때는 겸허하게 자신을 낮추고, 일단 최고가 된 다음에는 건방져도 멋있게 보인다.

'왕따' 당할 때는 이렇게

결국 문제해결은 내 손안에 있다

이미영 씨가 IT(정보기술)산업 분야에 진출한 지도 2년, 제법 실력도 인정받고 있던 차에 마침 스카웃 제의가 들어왔다. 연봉 때문에 직장을 옮기긴 했는데 문제가 생겼다.

그가 옮긴 직장에는 여성들이 대다수이고, 팀장 역시 여자인데, 팀장의 실력은 그저 그런 모양. 특히 팀장은 이미영 씨가 제안이라도 할라치면 말을 막거나 반대의사를 피력하곤 한다. 또 팀원들은 팀장의 의견을 대체로 수용하고 존중하자는 주의여서, 그'는 이래저래 힘든 직장생활을 하고 있다. 때로는 고의적으로 그를 무시하는 태도까지 역력하게 느껴져서 '내 능력

을 제대로 인정해주지 않는 분위기에서 어떻게 일을 하나? 하
는 회의까지 들 정도. 이런 경우에는 어떻게 해야할까.

직장에서 흔히 겪는 일이면서 특히 해결이 힘든 케이스이다.
이런 경우 먼저 사태를 정확하게 판단해야 한다. 우선 다음의
몇 가지를 체크해 본다.

1) 팀장을 제외한 다른 동료들이 나를 대하는 태도는 어떤
   가? 다른 동료들은 내 실력을 인정하고 인간관계도 잘 유
   지하고 있는가?
2) 다른 동료들은 팀장에 대해 어떻게 평가하고 있나? 다른
   동료들 모두 팀장의 성격이나 일 처리방식에 문제가 있다
   고 평가하는가?
3) 그 팀장이 내게만 부당하게 대하는가? 팀장과 다른 팀원
   들과의 관계는 원만한가?
4) 나와 여자 사원들, 나와 남자 사원들과의 관계에 차이가
   있나? 혹 남자 사원들과의 관계보다 여자 사원들과의 관
   계에서 더 불편함을 느끼는 것은 아닌가?

만약 1) 다른 동료들과의 관계는 원만하고, 2) 다른 동료들 역시 팀장에게 문제가 있다고 생각한다면, 다음과 같은 해결방안을 생각해볼 수 있겠다.

—팀장을 바꾼다.

팀장을 바꾸는 방법은 정식으로 문제를 제기해서 공론화하는 것이다.

만약 팀장이 1)과 2)의 경우라면, 특히 내 좋은 아이디어까지 자신의 영역방어를 위해 묵살한다면 분명히 조직발전에도 걸림돌이 되는 존재이다. 조직을 위해서도 그런 사람은 바꿔놓아야 한다. 그러나 그런 식으로 수십 년을 살아온 사람이라면 그의 성격이나 태도를 하루아침에 바꾸기란 불가능할 것이다. 어쩔 수 없이 한 번의 충돌은 거쳐야 한다.

—팀을 바꾸든지, 아예 직장을 바꿔버린다.

팀을 바꿀 수 있으면 정식으로 결정권자에게 건의해서 팀을 바꿔달라고 요청한다. 만약 내가 그 조직에서 꼭 필요한 사람이라면 결정권자는 내 건의를 받아들이든지, 팀장에게 주의를 주든지 적절한 대책을 시행할 것이다. 그게 힘들면 아예 직장을 바꿔버리는 수밖에 없다. 사사로운 인정 때문에 문제있는 사람을 처리하지 못하는 조직이라면 더 있을 필요는 없다.

―내가 팀장에 맞추며 적응한다.

　그러나 마음이 약하여 누군가에게 상처주는 것을 원하지 않는다면 이 방법 밖에 없다. 그냥 참는 수밖에. 그러자면 팀장의 성격을 분석해야 한다. 그가 특히 나의 어떤 부분을 트집잡는지. 대개 상관이 부하직원이 옳은 줄 알면서도 받아들이지 않을 때는 그 태도를 문제삼는 경우가 많으니까, 이럴 때는 의사 전달하는 방법을 전략적으로 수정할 필요가 있다. 많은 사람들 앞에서는 팀장의 의견을 수용하며 지지하는 대신, 좀 시간이 지난 다음에는 "그런데, 팀장님 한번 이렇게 해보면 어떨까 하는 생각이 드는데 괜찮을까요?" 하는 식으로. 상관들은 부하직원이 도움을 청하고 의견을 물어보는 것을 좋아한다.

―계속 싸우면서 내 할 일만 한다.

　내가 그 직장에서 추구하고자 하는 목표가 분명하다면, 그 목표를 위해서 모든 것을 참고 견디는 방법도 있다. 물론 마음에 안 드는 누군가를 매일 봐야 한다는 것만큼 참기 힘든 일도 없지만, 목표를 위해서 고통은 감수해야할 듯.

3) 그 팀장이 다른 사람과의 관계는 원만하고 4) 내 경우 남자 사원들과는 편안한데 여자 사원들과는 불편하다면,

―전략적 이미지 메이킹은 어떨까?

실력있는 여자가 새로 입사했을 경우 조직에서 따돌림당하는 일은 매우 흔하다. '나는 먼저 들어와서 이 정도밖에 대접 못받는데, 저 여자는 특채로 선발되어 특별한 대접을 받는다.' 라는 생각으로 여자끼리 똘똘 뭉쳐서 따돌리는 것이다. 직장에서 적잖이 발생하는 일이다. 어쨌든 이럴 때는 먼저 나 자신을 점검해볼 필요가 있다.

'내가 너무 튀지 않았나?'

얼마 전 구조조정에서 끝까지 살아남은 어느 회사의 임원이 이런 말을 한다.

"직장에서 내 능력을 한꺼번에 100% 보여줘서는 안 된다. 내 능력을 과시하고 다 드러내면 첫째, 동료나 주변에서 견제가 들어오고, 둘째 더 이상 보여줄 게 없다."

─조직의 특성을 점검해 본다.

　A는 B보다 실력도 떨어지고 학력도 떨어진다, 그런데 동료
들과의 인간관계는 좋다. 반면 B는 실력있고 전문성이 A보다
낫지만 인간관계가 불편하다. 둘 중에 하나를 택해야 한다면
최고 결정권자는 누구를 택할까?

　조직 규모의 크고 작음에 따라 차이는 있지만, 규모가 작은
조직일수록 A를 택하기 쉽다. 억울하지만 확률로 보아 그렇
다. 조직의 관리자들은 일의 전문성 못지않게 팀웍과 동료들
간의 유대감도 매우 중요하게 생각하니까.

직장 환경은 내가 생각하는 대로 돌아가지 않는다. 어느 조직이
든 갈등이 없는 곳은 없다. 하나를 얻으려면 하나는 포기해야
하는 경우가 대부분이다. 내가 원하는 것은 무엇이며, 이를 위
해 포기할 수 있는 것은 무엇인지, 시간을 갖고 생각해 보는 게
필요하다. 결국 문제를 해결하는 방법은 내 손안에 있으니까.

성공한 리더가 되기 위한 조건

일 잘하는 여성이 항상 좋은 리더가 되는 것은 아니다

강보영 씨는 올해 23세.

지난 2년간 정말 웬만한 남자 사원보다 일도 많이 하고 실적도 많이 올렸다. 드디어 사장님의 인정을 받아 파격적으로 팀장으로 승진. 하지만 지금 그는 후회하고 있다. 그를 힘들게 하는 것은 바로 다른 직장동료들.

제일 화가 나는 건 바로 '호칭'이다, 다른 팀장한테는 모두 "팀장님"이라고 하면서, 유독 그에게만큼은 아직도 이름을 부르는 것이다. 물론 '팀장님'이란 존칭을 꼭 들어야 하는 건 아니지만 그래도 그는 서운했다. 그는 자신보다 나이많은 남자

직원들에게 나름대로 신경은 쓰고 있었지만, 차라리 회사를 그만 둘까, 하고 생각중이다. 참 어려운 상황이다.

남성들은 자신의 영역 지키기에 여성보다 훨씬 더 집착하는 경향이 있다. 강보영 씨가 남자였다 해도 나이 어린 팀장을 받아들이기는 힘들었을 것이다. 하물며 나이 어린 여자 팀장일 때에야 정도는 더욱 심했을 터. 그러나 겁내지 말고 이 상황을 현명하게 이겨내야만 한다. 어차피 거쳐야할 과정이니까.

남성들에게는 본능적으로 위로 올라가고자 하는, 리더가 되고자 하는 욕구가 강한 것 같다. 위로 올라가기 위해 앞에 걸리는 장애물은 어떤 것이든 하나하나 제거하려는 노력 역시 끊임없이 한다. 그런데 넘어야할 장애물이 여자라면 일단 이길 수 있다고 쉽게 판단한다. 자신도 모르게 배어있는 동물적인 감각으로 힘의 우월성을 자신하게 되기 때문. 때문에 남자 팀장에게는 팀장님, 팀장님 하면서 여자 팀장에게는 아무개씨라며 이름 부르는 것이나, 남자 팀장 앞에서는 네, 네 하며 예스맨이 되다가도, 여자 팀장한테는 사사건건 시비거는 것도 본능적으로 힘의 우월성을 자신하기에 그런 것으로 보인다.

그런데 일 잘하는 여직원이 항상 좋은 리더가 되는 것은 아니다. 그것은 일반사원에게 요구되는 능력과 팀장에게 요구되는 능력이 다르기 때문이다.

일반사원은 일만 잘하면 되지만, 팀장은 단순한 업무수행능력보다는 리더십과 조직관리능력이 더 요구되기 때문이다. 팀장으로서 제 역할을 다 하고 능력을 인정받으려면 부하직원들의 도움 없이는 불가능하다. 그러니까 그 팀의 화합과 효율성을 높여야 하는 것이 리더로서 중요한 역할인 것이다. 그리고 남성들보다 앞서가는 여성 리더는 더더욱 처신하기가 힘들다. 조급하게 해결하려 하면 실패하기 쉽다. 남자이든, 여자이든 리더로서 성공하기 위해 갖춰야할 몇 가지 조건이 있다.

첫째, 자신의 진솔한 면을 보여 준다.

언젠가 텔레비전에서 스물 세 살 짜리 여자 파출소장 이야기를 본 적이 있다. 그 파출소에는 경찰경력 10년 이상의 40~50대의 부하경찰들이 있었는데, 이제 막 경찰학교를 졸업하고 소장으로 부임한 여자 파출소장은 정말 잘 해내고 있었다. 바로 솔직하고 진솔한 모습으로 그들에게 다가가 그들의 마음을 열어가고 있었던 것.

둘째, 팀원들의 이익을 확실하게 대변한다.

부하직원이 상관을 신뢰하게 되는 것은 '저 사람은 우리를 보호해줄 수 있는 사람' 이라는 믿음이 있을 때이다. 나이 어린 상관이나 여자 상관에게 승복하지 않는 이유는 '무조건 싫어서' 가 가장 큰 이유인데, 이것을 극복하는 가장 좋은 방법은 바로 '믿음' 을 주는 것이다. 사내에서나, 대외 업무에서나 팀원들을 보호하고 그들의 이익을 확실하게 대변해주는 것이 필요하다.

셋째, 늘 자신감과 당당함을 유지한다.

내 경우, 여자 상관으로서 가장 신경 쓰는 부분이다. 자신의 상관이 대외활동에서 자신 없이 쭈뼛거리고 주눅들어 한다면 부하직원들은 정말 창피하고 속상할 것이다. 나는 외부에서나 내부에서나 특히 남자 부하직원들과 함께 일을 할 때 늘 이런 생각을 한다.

'저들이 나로 인하여 자랑스럽게 느껴지도록 해야 한다.'

내 자신감과 당당함은 그들에게 대리만족을 느끼게 한다.

넷째, 위기에서 신속하고 분명한 판단을 내려야 한다.

일반 사원과 리더를 구분하는 기준은 바로 '위기관리능력'
이다. 팀에 위기상황이 왔을 때 보여주는 역량은 바로 부하직
원들이 상관을 평가하는 기준이 된다.

다섯째, 자신의 몫을 부하직원에게 나눠준다.
　모든 것을 나누어 가지라는 게 아니다. 아깝다고 생각될 정
도로 부하에게 많이 베풀어주는 것이 필요하다는 것이다.

여섯째, 팀장이나 부장 등의 호칭에 연연하지 않는다.
　그들이 나를 받아들이게 되면 호칭은 자연히 따라오게 된
다. 그런 것에는 대범함을 보이는 것이 좋다.

이러한 것들은 비단 부하직원들에게 신뢰를 받기 위해서 뿐만
아니라, 나 자신의 발전을 위해서도 필요한 것이다. 그리고 남
자나 여자나 모두에게 필요한 것이기도 하다. 물론 시간을 갖
고 이런 것들을 묵묵히 보여주더라도, 속 터지고 분통터질 일
은 많을 것이다. 그러나 성숙하기 위하여 아파야 할 과정이고,
피할 수도 없는 일이다. 만약 앞서 열거한 여섯 가지를 모두 실
천했음에도 특히 남자 부하직원들이 편협함을 버리지 못하고

계속 유치하게 군다면, 갈아치워 버리는 수밖에 없다.

리더로서 일곱 번째로 중요한 의무이자 권리가 바로 사사로운 감정이나 유치함 등으로 조직의 효율성을 떨어뜨리는 요소를 제거하는 것이다. 부드럽게 한없이 베푸는 것 같지만, 때로 '무서운 여자'가 될 수도 있다는 것을 보여줄 필요는 있다. 그러나 내 경우, 싸움은 최후의 방법으로 사용한다. 힘보다는 사랑으로 문제를 풀어 가는 것이 최선이기 때문이다.

작은 사업체를 경영하는 CEO(최고경영자)를 만났다. 그는 여성으로서 한 사업체를 이끌고 있다는 것이 얼마나 어려운지 모른다고 했다. 외부적으로는 경쟁업체들이 자꾸 늘고, 내부적으로는 직원들 다루기가 힘들고. 그는 경영자가 '여자'이기에 겪게 되는 고충을 털어놓는다.

"사장님이 남자만 같아도 내가 양보하지 않는 건데……."

기껏 상담을 끝내 놓고 이런 식으로 던지는 한 마디에는 웃어야 할지, 화내야 할지를 모르겠다고 한다. 그러나 이것보다 더 기분 나쁜 것은 남자 부하직원에게 이렇게 말할 때라고.

"사장님이 여자라서 힘들겠어요."

'이게 욕하는 거야. 뭐야. 사람 앞에 세워놓고 그렇게 말하

는 의도가 도대체 뭐냐구?'

　속으로는 울화가 치밀지만 웃으면서 그는 '그래, 실력으로
한번 붙어보자.' 고 투혼을 불사르곤 한다는 것이다.

얼마 전에도 텔레비전에서 똑같은 경우를 목격했다.

　호텔 주방팀 간의 솜씨를 겨루는 프로그램이었는데, 주방장
과 보조 두세 사람이 한 팀이 되어 시청자들이 보는 앞에서 음
식을 직접 조리해 우열을 가리는 내용이었다. 그때 출전한 한
호텔의 주방장이 여자였다. 그때 진행자는 보조직원 두 명을
세워 놓고 이렇게 물었다.

　"여자를 상관으로 모시고 있어 불편한 점은 없습니까?"

　그러나 다행스럽게도 최근에는 사회인식이 많이 바뀌고 있다.

　최근 세계화를 위해 기업체의 최고경영자들을 포함한 경영
진들이 중요하게 인식하는 것 중 하나가 '여성인력에 대한 투
자' 이다. 그동안 우리나라는 이 부분에 대해 상당히 열악했고
이로 인해 여성의 경쟁력이 다소 떨어진다는 지적 또한 많아
왔다. 때문에 요즘에는 예전에는 꿈도 꾸지 못했던, 일년 이상
되는 장기해외연수에 여성들을 보내는 직장이 늘고 있다.

　최근 직장여성들은 자신감이 가득하고 적극적이고, 무엇보

다 자기의사가 분명하다. 일에 있어서나 노는 데서도 남자와 여자를 구분할 수가 없을 정도. 오히려 남성들이 상대적으로 피동적이고 수줍음까지 타는 것처럼 보인다.

한 대기업의 임원은 이미 회사 안에서 더욱 실감하고 있다고 한다.

"사무실에서 직원들과 함께 있다보면, 여자들이 내뿜는 힘이 몸으로 느껴져요. 앞으로 그 힘은 더 커질 거예요. 남자들보다 더 적극적이고 열심이고 실력있는 여직원들이 많아요. 그럴 수밖에 없는 것이 여성들은 남성에 비해 우선 입사의 관문이 좁으니까, 엄선된 우수한 인력만 선발되는 데다가 여직원들이 직장에서 남자들에게 지지 않으려고 엄청나게 노력해요. 요새 야근이나 합숙을 피하는 여직원은 없어요. 나는 앞으로 여자들이 남자와의 경쟁에서 결코 뒤지지 않을 거라고 생각해요. 남성이 기득권을 누리고 무사안일하게 지내다가는 여성들에게 자리 다 뺏길 거예요."

직장의 풍속도는 분명 달라지고 있다.

최근에 입사하는 남녀 직원들을 보면 남자, 여자의 역할구분이 거의 없다. 서로를 똑같은 동료로 받아들일 뿐, 여자나 남

  여자, 아름다운 성공을 위하여

자나 자연스럽게 어울리고 편가름이 없다. 그들이 장차 리더
가 되고 경영자가 되면 "사장님이 여자라서 힘들겠어요." 따
위의 말은 사라질 것이다. 그것이 사회적 요구이기 때문이다.

꿈은 이루어진다

인생의 설계도면을 그리자

전공을 살려서 직장을 선택하고 싶은데 엉뚱한 것을 하고 있을 수밖에 없는 현실에 좌절하고 낙담하는 경우를 많이 본다. 거기에서 오는 회의와 갈등은 충분히 이해가 간다. 물론 지금 하는 일이 원하는 일도 아니고 그래서 '시간낭비'라는 생각이 들 수도 있다. 다 때려치우고 하고 싶은 일에만 온전히 도전해서 온 정력과 시간을 쏟고 싶은데, 경제적 여건이 따라 주지 않으니 흥미와 열정도 없는 일을 하면서 시간만 낭비하고 있는 것이다. 그런 이들에게 난 이런 애길 하고 싶다.

꿈을 이루는 방법은 직선으로 가는 방법도 있지만 돌아가는 방법도 있다고.

도전은 포기하지 말되 그것이 뜻대로 안 된다고 해서 주저앉거나 절망할 필요는 없다. 하고 싶은 일, 꿈에 이르는 길은 하나만 있는 것은 아니니까. 나는 살면서 한 가지 믿음을 갖고 있다.

'꿈은 꼭 이룰 수 있다.'

많은 사람들은 '나는 이런 모양으로 살고 싶다.' 며, 나름대로의 꿈을 설계한다. 그러나 실제로 그 설계도면대로 인생을 완성해나가는 사람은 드문 것 같다. 대부분이 꿈이 있었다는 사실을 잊어버리거나 쉽게 접어버리는 것이다. 그러나 꿈을 꼭 이루겠다는 마음을 갖고 그 꿈을 쥐고 산다면 시기가 문제이지 언젠가는 이루어진다.

나는 20대 후반에, '내 인생의 말년에는 시골에서 손에 흙 묻히며 살다가 가고 싶다.' 는 생각을 했었다. 그때 나는 빈손이었지만, 30년 후의 내 모습에 대한 그림만큼은 확실하게 그렸었다. 그리고 그런 생각을 한 지 20년이 지난 뒤, '나는 때가 되었다.' 고 판단하고 작업에 들어갔다.

5년 전에 나는 살고있던 30평 아파트(제가 벌어서 산 거예요.)를 처분하니 그 돈으로 시골에 1,000평 정도의 땅과 집을 살 수 있었다.

많은 사람들이 '시골에 가서 살아야지.' 하는 꿈을 갖고는 있지만, 막상 살고 있는 아파트를 팔지는 못한다. 절대로 못한다. 그러나 나는 20년 동안 계획했던 일이라 주저하지 않았다.

꿈꾸는 자에게 꼭 필요한 것이 있다면 그건 바로 '용기' 와 때로는 '무모함' 그리고 '기다림' 이다.

나는 젊은 여성들에게 꿈으로 그려진 인생의 설계도면을 하나 갖고 있으라고 권한다. 그 꿈을 이루기까지 20년이 걸릴지, 30년이 걸릴지는 모르지만 내 경우, 그 꿈을 한 번도 접어본 적이 없다. 중요한 것은 꿈이 있었기에 지난 20년 동안 늘 행복했다는 사실이다.

그리고 좋아하는 것을 반드시 직업으로 삼아야만 꼭 성취감을 느끼는 것은 아니다. 생계를 유지하는 '돈버는 수단' 과 '하고 싶은 것' 이 일치하면 더없이 좋겠지만, 대부분의 경우 그렇지 못하다.

요새는 각종 동호회가 있고 취미생활도 다양해지고 있다.

건축을 전공한 사람이라면 실내건축과 관련된 마니아가 되어 보는 것은 어떨까? 언젠가는 내 꿈이 담긴 실내건축에 관한 책을 낼 수도 있을 것이다. 그건 더 이상 불가능한 일이 아니다.

최근에 읽은 책 중에 보통 아줌마가 쓴 '한옥 짓는 이야기',
또 어떤 신부님이 쓴 '내 손으로 집 짓는 법' 이란 것이 있었다.
건축에 관한 훌륭한 책이었다.

20대는 무엇이든 꿈꿀 수 있고 그 꿈을 틀림없이 이룰 수 있는
가능성이 무한대인 나이이다. '자기자신에 대한 회의' 에 빠져
있기에는 너무나 아름다운 나이. 지금 하고 있는 일, 무엇이든
열심히 하기를, 그것이 바로 꿈을 이루기 위한 밑천이니까.

행복과 불행은 마음먹기 나름

"너 행복하니?"

누구라도 이 질문에 선뜻 대답하지는 못할 것이다. 그렇다고 불행한 것도 아닌데……. 그건, 행복이란 것이 늘 지속되는 감정이 아니라 순간순간 느껴지는 감정이기 때문이다. 그래서 행복은 스스로 만들어갈 수 있는 것이다.

'성격 깐깐하고 오기도 있고 욕심도 있고, 그러던 내가 직장에서 하는 일이란 단순노동. 내가 지금 뭘 하고 있는 건지, 도무지 미래는 없어 보이고 매달 적금 넣기 위해 사는 인생. 행복하게 살고 싶은데, 그런데 내가 원하는 행복이 정말 무엇인지.'

요즘 20대 여성들의 보편적인 고민이다.

많은 직장 여성들이 빨리 성공해서 행복하게 살기를 원하며 조바심을 낸다. 그들은 성공한 사람들을 보며 좌절감에 빠진다.

'성공한 사람들, 하고 싶은 일을 직업으로 갖고(그것도 멋있는 일을) 돈도 벌고 명성도 얻고. 그러나 내 꼴은? 이건 사는 게 아냐.'

그러나 성공한 사람이라고 모두 행복할까? 그렇게 사는 인생도 고달프고 힘들기는 마찬가지이다. 중요한 사실은 행복과 성공이 항상 일치하지는 않는다는 것.

성공은 멀리 있을 수 있지만 행복은 늘 가까이 있다. 행복하게 사는 것은 의외로 쉽다.

나의 10대는 경제적으로 정말 힘겨운 시기였다. 60년대, 70년대의 가난은 지금의 가난과는 그 질이 달랐다. 그때의 가난이란 그야말로 잘 곳이 없고 끼니를 때울 수 없는 원초적 가난이다.

중학교 때 일이다. 몇 푼 되지 않는 등록금(교납금)을 못내고 있었는데, 어느 날 담임 선생님이 종례시간에 등록금 안 낸 사람 손들라고 했다. 나를 포함한 몇 명이 손을 들었는데, 선생님은 손 내리라는 말을 하지 않았고 나는 내내 손을 든 채로 30

분간의 종례를 마쳤다. 잔인한 짓이었다. 그러나 이건 내가 기억하는 유일한 괴로운 기억이다. 왜냐하면 나는 가난 때문에 힘들었던 적이 없었으니까.

'내가 바보인 거 아닌가.' 싶을 정도로, 최악의 순간에도 나는 늘 내가 원하는 대로 행복하게 살 수 있다는 자신감과 믿음이 있었다. 그리고 단 한 순간도 그것을 의심해본 적이 없다.

행복과 불행은 순간적인 것이다.

어떤 순간이 돼서야 '난 행복하다.' 혹은 '난 불행하다.' 라고 느껴지는 것이지, 그것이 계속적으로 쭉 이어지는 것은 아니다. 늘 언제나 행복하고 늘 언제나 불행한 것은 아니라는 거다. 불행한 상황에서도 순간순간 행복이 느껴질 수 있고, 행복한 상황에서도 순간순간 불행이 느껴질 수 있다. 다시 말해서 행복과 불행은 마음먹기에 따라 바뀔 수 있다는 거다.

지금부터 희망을 갖고 '내 미래의 모습' 과 '내가 살고자 하는 모습' 을 먼저 그려보자. 거창해도 좋고 아주 평범한 것이라도 상관없다. 힘들게 노력하지 않고 이룰 수 있는 것은 절대로 없다. 단, 회사 일을 조금 덜 힘들게 하는 방법은 있다. 그건 즐거운 마음으로 하는 것이다. '내가 지금 이렇게 힘든 건 내가 원하는 삶을 살기 위한 기초공사이다.' 라고 생각하고, 마음을 긍정적이고 낙관적으로 가진다면 일은 충분히 재밌어진다. 이 세상에 내 마음대로 되는 것은 하나도 없지만, '내 마음가짐을 만들고 바꿔나가는 것' 은 얼마든지 내 마음대로 할 수 있다. 억지로 웃지 말고 즐거워서 웃어야 한다.

희망을 주는 것은 과거가 아니라 미래이다.

'젊음' 은 불행을 행복으로 바꿀 수 있는 에너지이다. 꿈꾸고 그리고 행복하게 만드는 것, 이건 젊음의 의무이자 권리이다. 지금의 기분이나 상황을 스스로 비관적으로 만들 필요는 없다.

'내가 원하는 행복이 정말 무엇인지?'

그 문제는 자신만이 풀 수 있다.

열심히 일한 당신 떠나라

열심히 일한 당신 떠나라

우리 회사에는 일 년에 한두 번 사라지는 친구가 있다.
출근을 안 해서 무슨 일인가 하고 있을 때 "여기 강릉인데요."라며 전화가 온다. 어제 저녁 갑자기 바닷가에서 술 한 잔 하고 싶어서 강릉에 갔단다.
"이왕이면 바다다운 바다 보자고 그냥 여기까지 왔어요."

나는 봐준다.
일 년에 한두 번 그 짓이라도 해서 가슴 속 응어리를 풀 수 있다면 '생산적인 땡땡이'라고 생각한다.
'모든 것 다 잊고 훌훌 떠나고 싶은데 여건이 받쳐주지 않으니.' 하는 것이, 팍팍하게 살아가는 직장인 대부분의 푸념이다.
그러나 떠나고 싶을 때 과감하게 떠나라. 이것저것 따지지 말고.
돈? 많으면 호화롭게, 없으면 기차표 살 돈만 가지고 가라.
시간? 많으면 멀리, 없으면 한강둔치라도 돗자리 하나 깔고 느긋하게 마음의 여유를 가져라.
가슴 답답하고 일이 지겨워질 때 한 번씩 떠나서 머리 속을 뒤집어 보는 것도 좋다.
내 경우, 여행에서 얻는 가장 큰 즐거움이 낯선 상황에서 만나는 낯선 사람들로부터 신선한 에너지를 얻는다는 것이다.
한 번의 탈출로 적어도 한 달은 충전된 행복을 맛볼 수 있다.

자동차로부터의 해방

'자동차로부터 해방된다는 것이 이렇게 좋을 줄이야.'

좀 신경써야할 곳에 꽃을 보낼 일이 있어 고속터미널 지하 꽃시장을 가는 길이었다. 가끔 다니는 길이지만 목적지로 뛰다시피 달려가 물건을 고르고는 '주차료 올라가는데……', '길이 막힐 텐데……' 하며 늘 쫓기는 길이었으니, 이렇게 많은 볼거리가 있는 줄 알지도 못했다.

그런데 차에서 해방되고 보니 마음은 마냥 편하고 해서 나는 모처럼의 여유를 즐기기로 했다. 옷가게마다 기웃거리고 화랑에도 들러 그림 구경하고. 그러다가 시장기를 느껴 터미널 1층으로 올라오니 음식점마다 아줌마들이 들어오라고 손짓을 한다.

나는 순두부찌개를 주문하고 앞 테이블의 대화를 훔쳐 듣는다. 앞 테이블의 젊은 한 쌍 역시 여행을 떠나는가 보다.

"남원으로 해서 가는 게 좋겠지? 남원에서 하루 잘까?"

"아니, 바로 지리산으로 들어가서 달궁에서 자자. 거기 좋은 민박집 알아. 작년에 친구들하고 갔을 때 묵었던 집이 있는데 운치있고 아줌마 인심도 좋더라구."

그들의 대화는 수년 동안 잊고 지냈던 내 감정의 한 조각을 푸실푸실 되살아나게 했다.

'달궁, 나도 거기서 잔 적이 있는데, 땀을 무척 많이 흘리며 걸었었는데…….'

지도를 펴들고 여행을 해본 것이 언제였던가.

나는 새삼 그런 것들에서 멀어져 있다는 것을 알았다. 지난 수년 동안 여행이라는 것이 어떠했나.

땀을 뻘뻘 흘려야 하는 여행보다는 에어컨이 시원한 집을 찾아다녔고 걸어야 하는 곳보다는 주차장이 완비된 곳을 찾아 다녔다. 콘도를 예약하고 자동차를 몰고 가서 콘도 지하에서 볼링치고 주변에서 얼씬거리다 돌아가는 길 막힐까 두려워, 남들보다 먼저 떠나야 했던 여행길.

'그래, 나도 떠나는 거야. 옛날처럼 지도 한장 들고 배낭 하나 메고. 내일이 토요일이니까. 어디든 첫 차를 타야지.'

이튿날 토요일 이른 아침, 나는 계룡산행 버스에 올랐다.

동학사에서 하루 묵고, 산을 넘어 갑사로 내려갈 계획이었다. 이른 시간이라 그런지, 계룡산에는 사람이 없었다. 나 홀로 산행은 동료들을 따라가느라 힘부치게 헉헉거릴 필요가 없어 좋다.

내 옆을 한 청년이 지나간다. 여관에서 내 옆방에 묵었던 친구이다. 엊저녁 그는 나와 같은 시간에 여관에 도착했는데 여관 종업원은 같이 들어서는 우리를 보고 일행인 줄 알고 방을 하나 주려 했었다.

우리는 서로 앞서거니 뒤서거니 했지만 두 사람 다 나 홀로 산행을 즐기고 있었다. 그는 험한 오르막에서는 내게 손을 내밀어 주기도 했지만, 거의 말은 없었고 나도 그의 산행을 방해하지 않으려고, 걸음을 맞추거나 말을 걸지 않았다. 우리는 혼자 산을 오르는 피차의 마음을 존중해주고 있었던 것이다. 그루터기에 앉아 쉬고 있는 내 앞을 그 친구는 눈웃음으로 인사하며 앞서 갔다.

나의 산행은 마냥 길어졌다. 걷는 것에 인색했던 지난 몇 년 동안의 생활 탓도 있었지만, 혼자서 산 경치에 감탄을 하기도 하고 산 아래 풍경을 바라보며 여유를 부리느라 시간 가는 줄 몰랐기 때문이다. 오후 서너 시가 넘어서야 나는 갑사에 도착했다.

"지금 내려오세요?"

그 친구였다. 산 아래에서의 그는 쾌활하고 밝았다.

우리는 대웅전 마루에 걸터앉아 오래 얘기했다.

물리학을 전공한다는 그는 대학원 시험을 끝내놓고 개학하기 전 실컷 돌아다니려고 혼자 여행하는 중이란다. 공주로 가는 버스에 올라타는 그에게 인사하고 나는 여관으로 갔다.

나는 '자동차로부터의 해방'이 가져다 준 일상에서의 탈출을 소중하게 가슴에 묻고 잠이 들었다. 그리고 난 그날 밤, 한 마리 예쁜 멧돼지가 되어 계룡산을 맘껏 뛰어 다녔다. 행복한 꿈이었다.

시공이 맞닿은 추억 속 음악여행

친구야, 잘 지내지.

나, 여기 뉴질랜드에 와 있어. 문득 니 생각이 들어 펜을 들었다.

'가슴이 시리다.'는 걸 느껴본 적 있니?

여기는 정말 아름답다. 모든 것이 너무나 아름다운 조화를 만들어내고 있어.

호수를 뒤로 하고 서 있는 조그마한 호텔은 전체가 하얀

색이야. 내 방에서 테라스 문만 열면 나는 바로 맨발로 잔
디를 밟을 수 있다. 연초록의 넓고 파란 잔디를. 밖에는 안
개비가 내리고, 그 안개비 속에 한 남자가 주머니에 손을
찌르고 서 있어. 호수를 바라보면서……. 그리고 지금 흐
르는 이 음악, 라흐마니노프의 피아노협주곡. 파스텔 톤의
이 아름다운 자연에 저 무겁고 암울한 도입부가 이토록 어
울릴 줄이야. 나는 라디오 볼륨을 최대로 올렸어. 라흐마
니노프는 크게 들어야 멋있잖아. 이건 눈물이 날 정도로
완벽해. 나는 파란 잔디를 가로질러 호수와 맞닿아 있는
곳까지 맨발로 걸었어. 여기서 신발이 무슨 필요가 있겠
니? 그리고 알지도 못하는 그 사람에게 말을 걸었지.
'안녕하세요?'
친구야, 나는 그때 정말로 가슴이 시렸어. 발바닥으로 느
껴지는 한기 때문이 아냐. 가슴에 쏴아 하고 찬 시냇물이
생기더라구.

뉴질랜드를 여행했을 때, 난 도시와 멀리 떨어진 호숫가 작은
호텔에 머물렀다. 그곳은 너무나 아름다웠다. 나는 그때 친구
에게 편지를 썼지만, 부치진 않았다. 내 감정을 글로 다 표현할

수가 없었기 때문이다.

그러나 지금도 생생한 건 라흐마니노프의 피아노협주곡 2번, 초록빛 잔디 위로 소리없이 내려앉던 안개비, 그 안개비에 싸여 아스라이 보이던 한 남자의 뒷모습이다.

이 세 가지는 늘 하나로 연결되어 따라다니는데, 그 중에서도 내게 가장 강한 인상으로 남은 것은 눈에 보이는 풍경보다도 그 풍경 전체를 아우르는 음악이다. 그 후 언제 어디서고 그 음악만 나오면 그때의 감촉과 색깔이 어느 것 하나 흐려지는 법 없이 뚜렷한 영상처럼 떠오른다.

언제나 느끼는 것이지만 추억을 간직한 음악은 참 이상한 힘이 있다. 그 음악을 들을 때마다 추억 속의 그 상황이 그대로 재현되는 것이다.

그때 같이 있었던 사람들, 그때 나누던 이야기, 그때 내 가슴 속에 흐르던 감정, 심지어 그때의 커피 맛과 냄새까지.

내게 음악은 늘 시간을 담고 다닌다.

라흐마니노프는 내 가슴속에 시간과 공간이 맞닿은 또 하나의 좌표를 만들었다.

짧은 대화가 남긴 긴 여운

서울역에서 기차를 기다리고 있었다.

시간이 꽤 남아서 의자에 앉아 이것저것 구경하고 있는데, 그때 작은 손가방을 든 할머니 한 분이 다가온다. 할머니의 손에는 껌이 몇 통 들려 있고 내게 사라고 손짓을 하신다.

"얼마예요? 할머니."

"오백원."

한 통을 받아들고 천 원을 내민 내게, 할머니는 거스름돈을 주려고 지갑을 뒤진다.

"할머니, 잔돈은 그만두세요."

"아이구. 고마워라. 복받으셔. 이렇게 착한 양반한테는 복을 많이 내려줄거야. 그래, 어디 가는 길이유?"

"시골에 어머니 아버지가 계셔서 뵈러 가는 길이에요."

"이런 딸 둔 부모는 좋겠다."

할머니는 오랜만에 말상대를 찾은 듯 내 옆에 자리를 하신다.

"몸이 아파서 나왔어."

"몸이 아프면 집에 계시지, 왜 나오셨어요?"

"집에 누워 있으면 더 운신을 못해. 그래도 나와 있어야 정신적으로 건강해.”

“할머니, 누구하고 사세요?”

“아들하고 며느리. 며느리가 잘못하면 그까짓 것 지랄하거나 말거나 ‘너, 그래라.’ 하고 내 하고싶은 대로 하고 말텐데, 며느리 마음씨가 고와. 그러니까 내 몸이 아파도 며느리 마음이 더 아플까봐, 나오는 거야. 처음에 아들이 색시감이라고 데려왔을 때는 얼굴이 못생겨서 며느리 안 삼으려고 그랬어. 그런데 살아보니까, 마음씨가 곱더라구. 지금은 얼굴 못생긴 건 마음에 쓰이지도 않아. 마음씨가 제일이지. 내가 죄가 많아서 아들을 하나밖에 못 뒀어. 둘이라도 되면 이집저집 번갈아 지내기도 할텐데. 내 손 좀 봐. 곱지? 나도 부러운 것 없이 살았는데. 자식을 못 낳는다고 구박받았지. 그러다 스물 여덟에야 아들을 낳은 거야. 그리고 딸 하나 더 낳고 끝이야. 우리 딸이 ‘어머니, 보약드세요.’ 하고 늘 갖고 오지. 우리 아들이 ‘어머니 보약은 내가 사드리는데 너까지 뭐하러 사오느냐.’ 고 그러면 딸이 ‘오빠는 그저 어머니 속 편하게만 모시세요. 보약은 제가 댈테니까.’ 그래. 부모생각은 아들보다 딸이 더해.”

난 할머니 입에서 가는 한숨이 살짝 새어나오는 것을 들었다.

“그런데 할머니, 많이 팔았어요?”

"딸기는…… 건강 때문에 나오는 거야."

할머니는 건강 때문에 나오는 것임을 다시 한번 확인시킨다.

아들하고 며느리가 그렇게 잘 한다고 하면서, 왜 '아들이 하나만 더 있었어도.' 하실까? 마음 착한 며느리라는데, 왜 할머니는 몸이 아파도 나와 계시는 것이 더 편하다고 하실까? 아들과 딸이 서로 보약 짓겠다고 다투며, '어머니 마음 편하게만 모시세요.' 한다는데, 왜 내 눈에는 할머니가 그렇게 안쓰러워 보일까? 부모님 뵈러 간다는 내게 왜 할머니는 '복 받을거야. 복 받을거야.' 하실까?

지금까지 내게 말씀하신 것들이 혹시 할머니가 그토록 머리 속에서 천번이고, 만번이고 그려보는, 꿈속에서나 만나는 그런 모습은 아니었을까?

언젠가 내 어머니께 들은 이야기가 생각난다. 어떤 할머니가 쓰레기장에서 발견되었다. 동네 사람들이 "할머니, 자식이 어디 살고 이름이 뭐에요?"라고, 물어도 할머니는 끝내 자식의 이름을 대지 않았단다. 당신을 버린 자식을 보호하려고.

'아니.'

나는 고개를 흔든다.

'할머니가 내게 들려준 이야기는 모두 사실일 거야.'

그래도 대합실 의자 사이로 껌 든 손을 내밀며 왔다갔다 하는 할머니의 모습은 내 마음에 짠하게 남는다.

토론토에서의 기억 하나

내 괴로운 습관 중 하나는 해외여행 중이라도 하루에 한 끼는 꼭 한식을 먹어야 컨디션이 유지된다는 것이다. 그래서 외국 여행 때는 으레 도착하자마자 꼭 체크해두는 것이 한국 음식점이다.

캐나다 토론토, 역시 도착하자마자 난 한국음식점부터 수배해 놓고 시간이 나는 대로 김치찌개를 먹으러 갔다.

그러던 어느 날, 낮에 여기저기 돌아다니느라 밤 10시가 돼서야 호텔에 도착했다. 그럼에도 난 '내일을 위해서 늦더라도 김치찌개를 먹어야 한다.' 는 생각이 들어 샤워를 마치고 호텔을 나왔다.

호텔 정문에는 택시가 줄지어 있었다.

맨 앞에 정차해 있는 택시에 올라탔는데 택시기사가 영 심

상치 않다. 덩치는 어찌나 큰지 택시가 꽉 차 보이고, 얼굴에는 온통 수염투성이, 영화에 나오는 서양 악당 그대로이다. 뒷자리에 앉은 내가 한국음식점 명함을 내밀자 한번 힐끗 보더니 뒤돌아보지도 않고 가타부타 말도 없이 휙 출발한다.

밤 10시가 넘은 시각, 인적도 없는 타지에서 여자 혼자 덜컥 겁이 났다. 그런데 이 택시기사, 택시미터기를 꺾지 않은 것이다.

'오, 그래. 동양 여자한테 바가지 한번 씌우시겠다?'

나는 마음을 단단히 먹고 어떻게 나오는지 일단 기다려 보기로 했다. 그런데 한 중간쯤 왔을 때가 돼서야, 험상궂은 택시기사가 택시미터를 꺾는 게 아닌가.

'어쭈? 벌써 세 번이나 가 봐서 길도 알고 택시요금이 8불 나온다는 것도 다 알고 있다구.'

나는 영어로 어떻게 따질까 문장을 만들고 있었다.

드디어 택시가 식당 앞에 도착했다. 택시미터에는 4불이 찍혀 있었다. 나는 어떡하나 보려고 일단 "얼마예요?"하고 물었다. 택시기사는 택시미터를 가리키며 "4불"이란다. 그건 예상 밖이었다. '어라?' 나는 이렇게 말했다.

"출발할 때 당신이 미터를 꺾지 않은 것 같아요. 여기까지 8불 나오는데."

"깜박 했어요. 미터를 꺾지 않은 건 내 잘못이죠."

4불만 달라는 기사에게 나는 8불을 주고 내렸다.

이 일을 계기로 나는 캐나다와 캐나다 사람에 대해 참으로 좋은 인상을 가슴에 담고 돌아올 수 있었다. 그리고 인천국제공항에 도착하던 날, 리무진 버스로 김포공항까지 가서 줄지어 늘어선 택시 하나에 올라탔다. 그런데 집에 도착, 택시요금을 내려는데 '이만원' 을 내란다.

"아저씨, 미터가 팔천원 나왔는데, 왜 이만원이에요?"

"공항에서 택시 처음 타요? 손님 하나 태우려고 공항에서 네 시간 기다렸어요. 그리고 다시 돌아가자면 빈차로 가야 돼요."

나는 사정을 해서 만삼천원을 주고 돌아서서 웃었다.

'아, 여기는 서울이구나.'

그후 나는 캐나다 사람만 만나면 토론토의 택시기사 이야기를 하곤 했는데, 한 번은 듣고 있던 한 캐나다 친구가 웃으면서 이렇게 말한다.

"캐나다 사람이라고 다 그런 건 아냐. 나쁜 사람도 있다. 그러니 조심하는 게 좋아." 라고.

그래, 한국의 택시기사도 다 그런 건 아니겠지.

사막에서 만난 작은 감동

그는 전문 산악인이다.

아메리카, 아프리카, 아시아 대륙의 산을 오르기 위해서 그는 세계 구석구석을 찾아다닌다. 유독 산을 좋아하긴 하지만 산만 찾아다니는 것은 아니다. 땅과 물, 바람을 찾아 그는 훌쩍훌쩍 떠난다.

2년 전, 그는 아들과 함께 오랫동안 준비한 특별한 계획을 실행에 옮겼다. 바로 '자전거로 호주를 가로로 횡단하기로 한 것.' 그러나 두 달 동안의 여행은 어떤 험한 산을 오르는 것보다도 힘든 모험이었다.

호주는 큰 대륙이었다.

출발한 지 한 달쯤, 그들은 내륙 사막의 한복판에 있었다. 주변은 온통 황량한 모래 뿐, 한 바퀴 뺑 둘러 지평선 안에는 주황빛 외의 다른 색깔이라곤 오로지 한 줄기 직선으로 나있는 길 뿐이었다. 주변에 집 한채, 나무뿌리 하나 없고 만나는 것이라고는 하루에 서너 대 정도 지나가는 자동차가 전부였다.

그런데 그날은 유독 자동차조차 한 대도 못보았다. 마치 이혹성 위에 생명체라고는 오직 그들뿐인 것 같았다. 가도 가도 제자리인 듯, 주변의 그림은 달라지는 것이 없었다. 기온은 30℃를 넘어가 있었고 몸은 지칠대로 지쳐 가끔 헛것이 보이기도 했다. 그대로 그 자리에 누워버리고 싶은 충동을 참아내며 한시라도 빨리, 그곳에서 벗어나기 위해 페달을 밟는 수밖에는 별도리가 없었다.

서로에게 말을 건넬 힘조차 없을 때, 저 멀리 뒤에서 자동차가 한 대 달려오고 있었다. 만 24시간만의 만남이었기에, 그들은 반가웠다. 그러나 그것도 잠시, 그 왜건(wagon)은 빠른 속도로 무심히 그들 옆을 스쳐 지나간다. 안에 탄 사람들을 확인할 틈도 없이. 다시 그들만 남겨졌다.

그런데 멀어져가던 그 차가 가물가물하게 보이는 거리에서 멈추었다. 그들은 순간 당황했다. 인적이 끊긴 사막으로 들어서면서 그들을 힘들게 한 것은 천지에 둘밖에 없다는 외로움, 그리고 그 처절함을 뚫고 누군가 나타났을 때, 갖게 되는 두려움이었다.

사막에 가끔 안 좋은 사람들이 나타나니 조심하라는 충고가 있었던 것이다. 자전거 두 대에 전 재산을 몽땅 싣고 무방비 상태로 맨몸을 드러내놓고 있는 그들에게 총이라도 들이댄다면, 그들은 정말 쥐도 새도 모르게 죽게되는 것이다. 사람을 만났다는 반가움, 멀어져 사라진다는 아쉬움에 뒤이어 차가 멈춘 순간, '저 차가 왜 섰지?' 하는 것은 그 두려움 때문이었다.

다행인지, 차의 멈춤은 짧은 시간이었다. 한 사람이 내렸다가 다시 탔을 뿐, 차는 이내 떠났고 잠시 후 왜건은 시야 밖으로 완전히 사라졌다. 그런데 차가 멈췄던 그 자리에 도착했을 때, 두 사람은 보았다.

뜨거운 회색 빛 길 위에, 아주 얌전하게 포개져 놓여있는 음료수 캔 두 개를.

두 사람에게 남기고 간 말없는 인사였다.

할머니가 한 번 다녀가라고 하신다.

"니가 집에 들를 시간이 없을 테니. 내가 집 앞 버스정류장에 나가 있을 게. 학교 갈 때 잠깐 내려. 할머니 얼굴이나 보고 가거라."

할머니께서 사시는 외삼촌 아파트 앞을 매일 지나치지만, 그동안 할머니를 찾아뵐 마음의 여유가 없었던 것이다.

할머니는 말씀하신 대로 버스정류장에 나와 계셨다.

"할머니, 날씨도 쌀쌀한데 스웨터라도 입고 나오지. 저고리만 입고 나왔어?"

"나야. 뜨신 방에서 잘 지낸다만, 그래, 넌 어떻게 지내냐?"

아버지 사업이 실패해서 갑자기 어려워진 우리 집 걱정이시다.

"우리 걱정은 하지마. 아버지 곧 재기할거야.

나도 아르바이트하면서 공부하니까. 더 재미있어. 버스 오네. 나, 가야 되는데.”

“그래, 이거 돈 될게다.”

할머니는 저고리에 있던 브로치를 얼른 빼서 내 손에 쥐어 주신다. 작년 환갑 잔치 때 외삼촌이 해드린 다섯 돈짜리 금브 로치이다. 외삼촌이 알면 섭섭해할까봐 장롱 깊숙한 곳에서 꺼내어 달고 나오신 것이다.

“니가 이걸 가져가야 내 마음이 편안하다. 어여 가!”

할머니는 한 손으로는 풀어지는 앞가슴을 여며 잡고, 다른 한 손으로는 어서 가라며 재촉한다.

난 브로치를 손에 들고 차에 올랐다. 차창 밖으로 한 줄기 바 람이 할머니의 저고리 앞섶을 파고든다. 제껴진 저고리 사이 로 할머니의 하얀 젖가슴이 보인다.

벌써 30년이 되었다.

외삼촌댁에서 지내셨던 외할머니는 열 명 넘는 손자들 중 유일한 손녀딸인 나를 제일 사랑하셨다. 한 때 아버지가 사업 에 실패하자 할머니는 내가 고생할까봐 항상 노심초사하시다 가 속병까지 얻으셨다. 할머니께서 돌아가시던 날, 늘 하던 대로 할머니 젖꼭지 찾아 앞 춤에 손을 넣으니 젖가슴이 왜 그리 차디차든지…….

"우리 효신이는 하고 싶은 것 맘껏 하고 살아라. 우리 강아지는 영리해서 무엇이든 해낼 거야. 네가 원하는 거는 무엇이든 다 될게다." 하시더니.

집안 제일 어른이신 할머니 덕분에 우리 집안에서 남자아이와 여자아이의 차별이란 없었고 따라서 난 내가 남자인지, 여자인지 생각에 차이가 없었다.

'비행기 조종사가 될 거야', '물리학자도 괜찮은데.' 하며 마음껏 미래를 꿈꿀 수 있었다. 여자라서 하고 싶은 것을 접은 적도 없다. 할머니는 특히 "여자라고 꼭 결혼해야 되는 것 아니다. 너 하고 싶은 대로 하고 살아라." 하며, 내 인생을 내가 설계하게 하셨다.

지금 하늘에서 나를 내려다보고 계시다면 우리 할머니 흐뭇해하실 거다. 할머니 소원대로 손녀딸이 신바람 나게 살고 있으니.